疎遠な幼馴染と異世界で
結婚した夢を見たが、
それから
幼馴染の様子が
おかしいんだが？
語部マサユキ
ill. 胡麻乃りお

夢を操る方法

この本を手に取りし資格を持つ者よ。
手始めに其方の思い描く最良の夢を提供しよう

夢操作初級『己の夢を操作する』

明晰夢

自らの夢を自覚、把握して操作する。

自身の夢は己の世界であり、

そこで汝は世界そのものであり神である事を自覚せよ。

眠りに入る前にページに記された

魔法陣に手を置き心を静めよ。

汝の望む最良の夢をご覧に入れよう。

疎遠な幼馴染と異世界で結婚した夢を見たが、それから幼馴染の様子がおかしいんだが？

語部マサユキ

角川スニーカー文庫

21881

本文・口絵イラスト／胡麻乃りお
本文・口絵デザイン／木村デザイン・ラボ

プロローグ　最初の夢オチ

夢を見た。

前後の脈絡なんてさっぱり分からず、ただただそこに自分がいるのだが、不思議な事に違和感が少しも湧いてこない……まあ大抵の夢なんてそんなもの。

分かるのはココがどこかの森の中であるという事。そして目の前に綺麗《きれい》な泉があり、中央には見事な彫刻があしらわれた石碑が聳《そび》え立っている。

その前に俺は『彼女』と手を繋《つな》いで一緒に立っていた。

すでに苦楽を共にした仲間たちとの別れを済ませ、恩師の最後の墓参りも終えた。

こっちでやり残した事は無い。

万感の思いで彼女と共に石碑を見つめると、そのうちに石碑は眩《まばゆ》いばかりの光を放ち始めて中から美しい銀髪の女性が現れた。

『本当に、ありがとうございました、異界の勇者と大魔導士。貴方《あなた》がたのおかげで世界は救われました。感謝の言葉もありません』

本当に感謝しているという感じの笑顔で言う女神に対して俺たちは首を振って見せる。

「気にすんなって言うのはアレだけどよ。今となっちゃ、この世界は俺たちにとっても他人事《ひとごと》じゃないからな」

「私たちにとっても必要だったから協力した……それで良いんじゃない？」

俺たちがそんな事を言うと女神は『最後まで貴方たちは変わりませんね』と呟《つぶや》いてクスリと笑うと、静かに瞳を閉じて居住まいを正した。

途端にさっきまでの親しげで柔らかい雰囲気が一変し、神々しさが増す。

『5年前の約定に従い、全て元に戻させていただきます。契約通りに世界救済の礼を一つだけ携えさせて……』

そう言うと女神が片目だけ薄く開いた。

『どちらもすでにお決めのようですが……本当に〝ソレ〟でよろしいのですね？』

念を押す女神に俺たちは小さく、しかし迷いなく頷《うなず》く。

女神はそれを確認すると今度は両目をカッと見開いた。眩いばかりの光を湛《たた》えて……。

『よろしい。〝ムソウの勇者〟〝ワスレズの魔導士〟……己《おの》が存在しうる世界への帰還を』

1章　夢とは己の願望であるとだれかが言った

幼馴染《おさななじみ》、そんな響きに何を想像するだろうか？

幼い頃から近くにいた身近な存在の男女、それが大人になるにつれてお互いを異性として意識し始め、芽生える恋心に一喜一憂する甘酸っぱいストーリー……映画や漫画では使い古されて手垢《てあか》どころか色んな汚れが付きまくっているベタ中のベタだろう。

俺だって現実を知らなければそんな想像をしていたとは思う。

そう、現実を知らなければ……だ。

俺の幼馴染『神崎天音《かんざきあまね》』は家が隣同士で、朝登校しようと家を出る時〝タイミングが悪いと〟同時に家を出て鉢合わせする事があり……今朝もたまたまそんな日だった。

「あ…………」

「…………」

鉢合わせし確実に目が合ったというのに、彼女はいつも通りに何も見ていないかのような無表情で視線を逸《そ》らして早足に行ってしまう。

風に靡《なび》く長い髪が美しくはあるが、その後ろ姿は彼女が完全に俺を他人として認識しているようで……虚《むな》しい風が俺の胸に吹きすさぶ。

現実的な男女の幼馴染という関係にそんな青春ストーリーは期待出来ない。

何故《なぜ》ならドラマのように男女の子供がいつまでも仲良しを続ける事は出来ず、成長に従い男女の違いが明確になるのにつれて存在が鬱陶しくなって行く。

俺の場合は『あの娘《こ》』の方からだったのはハッキリと覚えているけど……。

ガキの頃、いつも一緒に遊んでいた幼馴染のあの娘が唐突に、特別何か仲違《なかたが》いをする事件があったワケでも喧嘩《けんか》したワケでもなく、いつもの場所に来なくなったあの日の事を。

その日以来、あの娘とは敵対するワケでもないが積極的な交流は無くなり、自然と付き合う友達も身を置く世界も変わって……ただただ疎遠に、自然と無関係になって行った。

現実の男女の幼馴染なんてそんなもの……彼女と実に何年振りかにクラスメイトになった時には、最早《もはや》どう話して良いのか分からないくらい他人に成り下がっていた。

同じクラスになっても関係に変化はなく、疎遠に拍車がかかっているように思える。

彼女『神崎天音』は活発な女子でクラスの中でも高いコミュニケーション能力を持っている。男女問わずに周囲には常に友人たちがいて、いつもグループの中心で笑っている印象。

反対に俺はいつも決まった仲の良い男ども四人で集まってだべっている、若干オタクよりなグループを築いているタイプだ。

無論その事について不満があるワケじゃない、俺は〝誰とでも仲良く出来る〟大らかな心は持ち合わせていないだけに、むしろああいったコミュニティーは苦手なくらいだ。

だからこそ、幼馴染であったはずの天音とはますます疎遠になって行くのだが。


「そういえば夢次《ゆめじ》。お前って神崎さんと幼馴染なんだってな」

昼休みの時間、何となく自分とは違う世界を作っている天音を見て不毛な事を考えていると、サッカー部でエースの、しかしアニメ好きという事で『いつもの四人』の一人である武田《たけだ》が不意にそんな事を言った。

「なに⁉ 本当か‼ あのサッパリしていて健康的で、男女分け隔てなく、しかも俺たちのようなオタクでも差別せずに自然に話してくれる神崎さんが⁉」

それに一早く反応したのは眼鏡《めがね》の工藤《くどう》。色めき立った反応でコイツが何を期待したのか一瞬で分かった。間違いなく俺がさっき考えていた使い古された物語だろう。

「そりゃ……昔から知り合いだけどよ」

俺は色々な感情を込めて息を吐いた。

ぶっちゃけアイツは人気がある。

基本的にサバサバしていて誰とでもフラットに話してくれる女子って事で体育会系から文系まで、あらゆる奴《やつ》らから好意を寄せられているくらいだ。

……まあコイツのように『俺のような人種にもお声を掛けてくれる聖女』と言うのはへりくだりすぎだし、『お姉様』と慕う下級生共は正直おっかないが。

ただあくまで他の連中に対して、天音は俺以外に対しては分け隔てなく交流を図る。

しかし、俺は彼女から特別な扱いを長年受けている。

……特別扱いが良い事だと思うなよ？　口も利かなきゃ目も合わせない、そんな扱いを長年受けているのだから。

思わせぶりな反応じゃない。目が合えばあからさまに〝うわ、見ちゃったよ〟的に顔を顰《しか》めて視線をゆっくりと外すのだ。

今年クラスメイトになった時、もしかしたら疎遠な関係が少しでも解消出来ないかと考えていた俺の計画は、その日のうちに見事に木《こ》っ端微塵《ぱみじん》に砕け散った。

どうやら疎遠になっている間に俺は彼女に毛虫の如《ごと》く嫌われていたらしいのだ。

「最近はハーレム漫画の振られ要員になりがちな幼馴染が、その手の物語みたいに自分にベタぼれしてくれるなんて、現実にあるワケ無いだろうが……」

「す、すまん。それ以上は言うな！　妹持ちに〝妹モエのあり得なさ、不毛さ〟を論破された時と同様の気配を感じる!!」

俺の静かな、しかし暗い表情の呟きに、一瞬盛り上がりかかった工藤は慌てて謝罪した。

そういえば妹モエで盛り上がっていたのに、急に語らなくなった時があったっけ？

「でも……まあお前と神崎さんじゃ、いくら幼馴染って言っても世界が違いすぎるのかもな……ああ、別に悪い意味じゃねーぞ？」

何気に自分の言葉が失礼だったと思ったのか浜中《はまなか》は妙なフォローを入れてくれる。

気を使わなくて良い……俺も今更アイツと昔のように仲良く出来るとは到底思えない。

クラス内でも違うコミュニティーなのに、向こうには完全に避けられているのだ。

接点なんて持ちようが無いし、今更持とうとも思えない……それに。

「そういえば神崎さん、彼氏がいるって言うしな。相手がいない俺たちには到底分からない世界だよな～」

「………そうだな」

俺も最近聞いた、今天音の隣で親しげにしているチャラ付いた男と付き合いだしたという噂《うわさ》。

特別な感情を持った覚えなど無いのに腹の底に妙な重量を感じざるを得なかった。

＊

「いらっしゃいま……なんだい、今日も一人でご来店か？　夢ちゃん」

「……スズ姉、その呼び方はいい加減やめてくれない？」

放課後、近所にある地元に密着したコーヒー通が集まる小さな喫茶店の扉を開けると見知った年上のジーンズがよく似合う女性が笑って出迎えてくれる。

この人は剣岳《つるぎだけ》美鈴《みすず》さん。昔から付き合いのある、ガキの頃にはよく遊んでもらった天音とも共通の年上の幼馴染だ。

大学生になって益々《ますます》大人の色気を醸し出しつつも昔から変わらない〝かっこいい女性〟を体現したような、この店の看板娘。

「ここに遊びに来ていた二人が一緒に来てくれるのを私はずっと待ってんだけど？」

「う……」

スズ姉のジト目が胸に刺さる。

ガキの頃からある店だけど、客として来店するようになったのは結構最近の事。

あの頃は客としてではなく、遊ぶ為《ため》にこの店のドアを通っていたからな。

当然、俺たちがある日を境に疎遠になっている事も知っていて、その事については多分俺以上に気にかけているんじゃないだろうか？

「ここに客として一緒に来店した二人にコーヒーを出して、ケーキをサービスしてやる。それが今の私の望みなんだけどな～」

スズ姉にはその件について何度か相談しているし、何度も関係改善の為に働きかけてくれもしていただけに、俺たちの現状は見ていられないらしい。

だけど……年上の幼馴染の小さな目標を、俺は叶《かな》える事が最早出来ない。

「それは……もう無理かも……」

「……どうして？」

アイツには彼氏が出来たから。

彼氏でもない、ましてや嫌われている俺がアイツと二人でこの店に訪れる事はもう無い。

しかし俺は出かかったその言葉を噛《か》み殺し、俯《うつむ》く事しか出来なかった。

口から出してしまうと認めた事になってしまうような……そんな気がして。

「……コーヒー一杯頼む」

「……はいはい、いつものアメリカンね」

代わりに絞り出した言葉に何かを察してくれたのか、スズ姉はそれ以上聞かずにスルー

してくれる……表情は呆《あき》れたような苛立《いらだ》っているような、微妙なモノではあったけど。

その視線を避けるようにいつものテーブル席に着席してなんとなく時間を持て余していた俺だったが、不意に本棚に目をやると、妙な本が一冊ある事に気が付いた。

「何だこの本？」

それはいわゆる古書と言うに相応《ふさわ》しい革の装丁で、年代を感じる程古めかしいのにボロっちいワケでもなく、何というか荘厳な存在感がある。

少なくとも喫茶店で時間を潰す為の、店長やスズ姉が読み終わった古雑誌と一緒に置いていて良いような代物には思えない、陳腐な表現だがまるでおとぎ話の魔導書のような？

思わず手に取ってみたが、表紙から中身に至るまで日本語じゃないどころか英語でもない……いや、俺の人生において一度も見た事が無い文字で書かれていた。

「洋書だって読めないのに……どこの国の文字……ん？」

しかし、そう思っていると……不思議な事に読めないと思っていた本の文字が読めるように……というか明らかに俺にも読める日本語が、開いた本には並んでいた。

「……え？」

俺は思わず呻《うめ》いて本を閉じて開いて、あらゆる角度から見返してみた。

しかしこの本は途中から白紙になっている他はすべて日本語で表記されていた。まるで最初から日本語で書かれていたとでも言うように。

「いや……確かにさっきは見覚えもない文字が？　気のせいか??」

電灯に透かして見ても特に変わった事もなく、終《しま》いには本を片手に妙な動きをしていた事でカウンターの向こうにいるスズ姉に「どうした？」と心配されてしまった。

「……気のせいだな」

俺は本の雰囲気と自分の中二心が作用した錯覚だろうと結論付ける事にした。

だが読めるとなると、俄然《がぜん》この魔導書みたいな本が気になってきた。

しかし俺は本の表紙部分にデカデカと記されたタイトルを見て、眉を顰《ひそ》めた。

「夢を操る方法？」

その本の表紙には確かにそう記されている。

「う……うさんくせぇ……」

思わずそんな本音が漏れてしまう。

何というか、UMAやUFO記事で明らかに読者に信じさせる気がない奴を見かけた時と似たような気分だった。

本の雰囲気は最高に良いのに……。

『この本を手に取りし資格を持つ者よ。手始めに其方《そなた》の思い描く最良の夢を提供しよう』

夢操作初級　『己の夢を操作する』

明晰夢《めいせきむ》　自らの夢を自覚、把握して操作する。自身の夢は己の世界であり、そこで汝《なんじ》は世界そのものであり神である事を自覚せよ。

眠りに入る前にページに記された魔法陣に手を置き心を静めよ。

汝の望む最良の夢をご覧に入れよう。


胡散臭《うさんくさ》い……そう思うけど、本の冒頭を流し読みして、少しだけこの本に興味を持った。

夢を操作する……つまり言い換えればそれは好きな夢が見られるって事だろ？

枕の下に望む夢を書いた紙を敷く、なんて定番のまじない方法だろう。

「……俺にとっての、最良の夢……か」

そう考えるとパッと思いつくのは……例えば宝くじが当たった一獲千金の夢。

使い切れない大金を手にして豪邸を買って世界旅行に出ての豪遊三昧。

世界的なスポーツ選手、歌手や映画のスターになって世界中の人にちやほやされる夢。

あるいは大勢の美女を囲って酒池肉林、ハーレムを築く18禁、R指定の夢を……。

う～～む……我ながら陳腐なイメージしか浮かんでこない。

仮に『何でも願いの叶う何か』が目の前にあったとしても、似たような発想しか浮かんで来ないんじゃないだろうか？

そんな風に自分の発想の貧困さを嘆いていると、不意にあるイメージが浮かぶ。


『夢ちゃ〜ん。一緒に遊ぼ！』


幼い日に俺の手を無理やり引っ張って屈託のない笑顔で連れまわしてくれた少女の姿。

今となってはもう望む事が出来ない、俺だけに向けてくれたあの笑顔……。

現実ではもう見る事が出来ない……しかし夢であったなら？

「……見られたとしても、所詮は夢なんだよな」

自嘲気味に呟《つぶや》いてみるものの、それでももう一度あの笑顔に逢《あ》えるかもしれない？

そう思うと、自然と俺の手はページに記された魔法陣に触れていた。信じたワケではない、そうだったら良いな、それくらいの気持ちで。

俺は自分が一番望む夢が何であるか……それを自覚した瞬間、妙な疲労感が全身にドッと押し寄せて来たのを感じた。

思えば今日一日中その事ばかり考えていて、その度に精神的に疲弊していた気がする。

その事……天音の姿が脳裏に浮かんだ瞬間、俺の意識は途切れた。

Dream side

「……ちょっと……しっかりして…………ユメジ!!」

「う……うん……は!?」

遠くから俺の名前を呼ぶ女性の声が聞こえたが、実は耳元で怒鳴られていたという事に気が付くまで数秒かかった。

俺はどうやら立ったまま眠らされていたようで、慌てて目をこする。

「悪い、眠らされてたのか俺は!?」

「数分間だけどね。おはよう寝坊助《ねぼすけ》さん」

俺の隣でそう言い放つ彼女は隙を見せないように〝敵〟に杖《つえ》を構えたまま言う。

敵、目の前にいるのはゴブリンの集団、新人の冒険者の洗礼とも言われている下級魔獣の一種で、大抵が集団で襲ってくるのだ。

「「「「「ギギギギ……」」」」」

威嚇する5匹のゴブリンだが、1匹だけ杖を構えた奴《やつ》が見える。

そいつはメイジゴブリン、下級の魔法を使えるタイプで俺に『睡眠《スリープ》』の魔法をかけた張本人なんだろう。

「クソ～油断したつもりはないのに」

「しっかりしてよ。前衛がいないと私は詠唱すら出来ないんだから！」

そう言いつつ彼女は再び詠唱に入った。

魔法の発動には呪文が必要で、詠唱の間はタイムラグがどうしても発生する。前衛が魔導士を守りつつ時間を稼ぎ、魔導士は強力な呪文で敵を一掃する。

俺たちはここ数か月そうやって命を繋《つな》いで来たのだ。

ゴブリンたちも集団でメイジゴブリンを守りつつ前衛が物理攻撃をする戦法を取っているけど、呪文はともかく武力としては練度が低く、力も弱い。

「うおらあああ!!」

「「ギギギャ!?」」

俺は飛びかかって来たゴブリンを３匹、まとめて手にした大槌《おおつち》で吹っ飛ばすと、こちらを狙っていたメイジと弓を構えたゴブリンに激突した。

「「ぎゃ!?　ギャビ!!?」」

偶然だったけどラッキー！

「アマネ、今だ!!」

「任せなさい！　ファイアー!!」

丁度詠唱が終わったアマネは都合よく5匹まとまった瞬間に現在使える唯一の下級火属性呪文を解き放ち、次の瞬間、爆発にも似た音と共に魔獣共は奇声を上げて燃え上がる。

「「「「「ギャバガガガ………」」」」」

数分後、俺たちは黒焦げになったゴブリンから討伐の証《あかし》である角を回収していた。

ちなみに死骸はキッチリと埋める。

そうしないと他の魔獣を呼び寄せる原因になるし、アンデッドになる事もあるからな。

主に角の回収はアマネ、埋めるのは俺という役割分担に自然となっている。

……まあ埋めるのは力仕事だから。

「角の回収はこれでオッケーね。これで今日の夕飯代にはなるでしょ？」

「1匹につき10G……50Gの稼ぎか……」

俺とアマネは、ある日学校の帰りになんの説明もなくこの世界に召喚され、流されるように冒険者として過ごしていた。

いわゆる『異世界転移』ってやつだ……は、は、は……。

「はあ………」

「何よ……溜息《ためいき》なんかついて」

「いや、こういう異世界転移はお約束で神様からの特典とか、最初から便利なスキルを持ってるとかでイベントを楽々こなしてヒャッハ～ってのが定番なんじゃないのってさ」

「ま～た言ってるの？　諦めが悪いわね～」

「だって折角《せっかく》魔物も魔法も存在する異世界だってのに、特典もなし、ヒントもなしで放りだされるなんて納得がいかないじゃないか!!」

そう、俺たちは何かの使命を言い渡されたとか誰かの思惑とかそういった『初回特典』みたいなイベントもなく、ただただこの世界に送り込まれたのだ。

最初は森の中、そこから二人で命からがら人里まで辿《たど》り着いて、元手もコネもなく出来る仕事として冒険者に〝なるしかなかった〟のだ。

俺は意外にも『戦士』、天音は『魔導士』としての才能はあったのだが、ハッキリ言ってさっきのゴブリンの集団を相手に出来るようになるまで数か月かかった。

チートなんぞアリはしない……ただただ努力の結晶だった。

しかしゴネる俺とは裏腹にアマネは苦笑する。

「そう言わないの。生きていられるだけ私たちは幸運なんだからさ」

そう言う彼女には余裕さえあり……ここに来た頃と比べて、変われば変わるもんである。

数か月前、学校から俺とアマネが丁度帰宅して家の前でバッタリと出くわした直後、突然足元から眩《まばゆ》い光と共に現れた魔法陣によってこっちの世界に来た。

その時、俺たちは完全に疎遠状態だったせいで最初のうちは余り口を利かず、ハッキリ言えばぎくしゃくした気まずい関係だった。

しかしここは魔物の蔓延《はびこ》る異世界である事が分かると、数年の確執や気まずさなんて言っている場合では無くなったのだ。

真剣に、生きるために協力し合わなければどうしようもない状況。ある意味そのおかげでアマネと『仲間』として話せるようになったのは僥倖《ぎょうこう》ともいえるけど。

「俺はもう少し穏便な方向で仲直りしたかったけどな」

「何よ、人の顔を見つめてブツブツと」

その表情は不満げではあるものの、日本で見ていた彼女の表情とは比べ物にならない程に幼い日に俺に向けてくれていた表情に近いもの。

そう思うとやはりこれで良かったんじゃないかと思えなくもない。

「いや、変われば変わるもんだと思って。数か月前まで俺たちロクに口も利かなかったのに、今では一緒に魔物を狩って生計立ててるんだから」

「……生死のかかった状況で四の五の言ってられなかったってだけよ」

そう言うとアマネはフイっと、気まずそうに視線を逸《そ》らす。

その仕草はあまり触れてほしくないかのように思えて、俺はそれ以上言及する事はしなかったが、そんな俺たちの心情を読んだように次の瞬間、背後から〝人間ではない〟類の殺気が膨れ上がった。

「「「「ギャギャギャギャ!!」」」」

瞬間、背後の茂みから襲い掛かってくるゴブリンの群れ。

俺はいつものようにアマネの呪文詠唱の時間を稼ぐ為《ため》に、手にした大槌を振りかぶった。

「頼りにしてるぜ相棒!!」

「ハイハイ、それはお互い様よ!!」

Real side

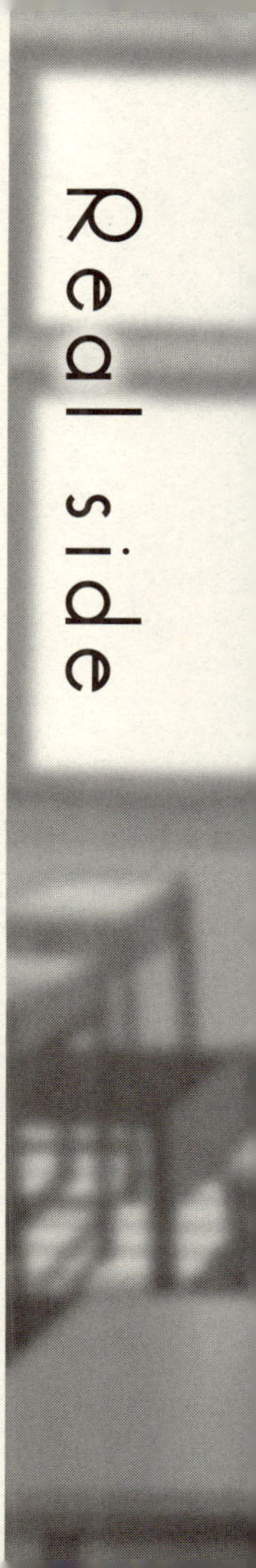

「……は!?」

気が付くと俺は喫茶店のテーブル席に座っていて、目の前にはいつ来たのか分からないコーヒーが一つ。すっかり冷めてしまっているそれを見て自分が眠っていた事に気が付いた。

「夢…………そうだよな……夢だろうな……」

それはありがちな異世界転移、男子なら一度は夢見る展開のRPG風な冒険者の夢。

剣があり、魔法があり、命の危険と隣り合わせの極限状態、そんな状態だからこそ疎遠になってしまった幼《おさな》馴染《なじみ》と仲間として歩み寄れた……現実ではありえない夢想。

気が付くと俺の手はしっかりと本の魔法陣の上に置かれたままだった。

この本は本物かもしれない……瞬間俺はそう思ったが、同時にどうしようもない虚《むな》しさ、喪失感を覚えずにはいられなかった。

夢は所詮夢……現実ではない。

現実では変わらず天音に避けられていて、話す切っ掛けなんてありはしない。

「切っ掛け……か」

「お？　丁度起きたみたいだな苦学生」

俺が思わず呟《つぶや》いた時、スズ姉が冷めたコーヒーの代わりを持って来てくれた。

追加料金を、と思ったのだがスズ姉は「い～よそのくらい」とサービスしてくれた。

その時、不意にさっき見た夢での出来事が浮かぶ。

「なあスズ姉……もしかして、天音もここに来る？」

「…………ん～？　どうした突然、何でそう思った？」

俺の質問に少しだけ考える素振りを見せたスズ姉だったが、とぼけるように、しかし明確な答えを言わずに聞き返してくる。

何でって……まさか今俺にとって実に都合の良い夢を見たから……とは言えない。

しかし俺がどう答えていいか迷っていると、スズ姉が答えをくれた。

「…………来るよ。いつも〝一人〟でね」

片目をつぶって溜息を吐《つ》く姿は……心底呆《あき》れているように見える。

しかしいつもだったら何も感じず、ただただ自分が情けないと責められているように思っていたスズ姉の態度が、何かを語っているように思えた。

俺が喫茶店を出た時は既に日が落ちた夕方、町はオレンジ色に染まりどこか物悲しい雰囲気を醸し出している。

そんな中一人歩く俺は、自分の手にさっきの怪しい本、『夢の本』を持ったままだった事に大分歩いてから気が付いた。

「ヤバイ……ついうっかり持ってきちゃったな」

俺は咄嗟《とっさ》に引き返そうと思ったが、すでに結構歩いていて戻る面倒さが勝ってしまう。

そして〝どうせ明日も行くだろうから〟と結論付けて再び家路を歩き始めた俺だったが、陸橋を渡っている途中で不意に眼下の歩道を見た時、幼馴染の天音が歩いている様子を見かけてギョッとする。

疎遠になっても彼女の家は隣、下校中に目撃するのは珍しい事では無いが……問題なのは天音と一緒に噂《うわさ》になっている男が歩いている事だった。

………一緒に下校する仲なのか？　じゃあ噂は本当に……。

俺は見てしまった光景に言いようの無い落胆を覚え、そのまま足早に帰宅……鬱々とした想《おも》いでベッドに体を投げ出し、天井を見つめるしか無かった。

「現実なんて……こんなものなんだよな……」

本当に二人で異世界に行けたなら……そんな不謹慎な事を真剣に考えてしまっていた。

異世界転移しての冒険者生活という過酷な状況に追い込まれた俺たちだったけど、正直俺はそこまでの苦痛を感じていなかった。

無論文化の違い、殺伐とした闘いの日々、油断の出来ない人間関係など言い出したらキリが無いほど不満は多々あるけど……それ以上の事が俺にはあったから。

「薪《まき》集めてくれた？」

「オッケー、火〜つけてくれよ」

「ハイハイ……」

そう言いつつアマネが指から小さな火を出して集めた小枝から火を付ける……ここ数か月で俺たちも随分とアウトドアに慣れてしまったものだな。

魔導士のアマネはこういう時、すっかりライター係で……俺はそんな彼女が炎の明かりに照らされる横顔を見るのが密《ひそ》かな楽しみになっていた。

それだけではなく野営の危険はあるものの、満天の星も、静寂に包まれた世界も現代の日本では中々経験出来ない事だし……そして、何よりもの役得は。

「辺りに結界を張ったから、ある程度の魔物は防げると思うわ……」

「そ、そうか」

アマネは二つのカップを手に、自然な様子で俺の隣に座る……しっかりと体を預けて。

危険と隣り合わせの異世界で当初恐怖の連続だった俺たちだったが、アマネに至っては常に俺の隣にいないと安心して眠れなくなっていた。

最初の頃は互いに恥じらいがあったのに、今では彼女は当然のように体を寄せて来る。

「ん……」

「……サンキュー」

少しぶっきらぼうにカップを渡してくれる一連の動作、それはもう俺たちの間では定番の流れで、俺は過酷な状況であるのに日本では考えられなかった幸福を噛《か》み締《し》めていた。

そんな彼女の仕草を見て、ふと今だったら聞き出せるんじゃないかという思いに至る。

長い事俺が気に病んでいた事を。

「そういえば……さ。なんで俺たちって日本にいた時、話さなくなっちゃったんだろう？

俺には覚えがなくて……」

「………」

なるべくさりげなさを装うつもりで聞いてみるが、実際には体が震えて変な汗が出てくるし、心臓はバクバク鳴っている。

口に出してしまってから、もしかしたら異世界に来た事で折角臨時でも修復できた二人の関係性が失われてしまうかも……という事にも思い至り、膝まで震え始める。

「…………」

無言でそっぽを向くアマネに『ヤバイ!?』と数秒前の発言を後悔しそうになった。

「ゴ、ゴメン！　言いたくなければ良いんだ。というか、もしかして俺が何かやらかしたからそれが原因で!?　だとしたら本当に申し訳ない!!」

原因は俺にあるのに当事者はその事を忘れている……もしもそんな案件だったとするなら、今の質問は火に油を注ぐようなものだ。

しかし勢いで土下座まで考えていた俺の耳に届いたのは、不満と否定の言葉。

「……なんでユメジが謝るのよ。先に距離を置いたのは私の方なのに」

「…………そうなの？」

俺の言葉にアマネは俯《うつむ》いたまま、小さく頷《うなず》いた。

「……小学校の時に、友達と遊んでた時に貴方《あなた》の話題になって……その、貴方の事をあだ名で呼んだら……からかわれちゃって……」

ポツポツと語ってくれたのは幼少期ならば誰でもありそうな話。

男より早熟な女子が恋愛に興味津々な頃、アマネの発言はからかいの種になってしまった。

しかし、もう少し成長していれば軽くいなせたであろう事をまだまだ幼かったアマネは羞恥心のあまり『否定』『拒絶』の方向に動いてしまったとの事。

友達の前で『幼馴染と仲良くなんかない！』という態度を取るようになってしまって……その辺りから俺と遊ばなくなっただけでなく露骨に話さなくなってしまったんだとか。

普通なら男側でよくありそうな話だが、当時俺もショックは受けつつもアマネ以外の男友達と遊ぶようになっていったので、うやむやにしてしまったのだが。

しかし、俺はそんな真相をアマネ本人から聞いて、心底ホッとした。

『嫌われていたワケじゃなかった』。それだけで、心の奥底の重りが無くなっていく。

「突然秘密基地に来なくなるし、口も利いてくれなくなるし、露骨に避けるし……本気で嫌われてるんだと思ってたぞ」

「それは……本当にゴメン。こっちから勝手に話さなくなって避けちゃったから、ユメジにはいつも睨《にら》まれている気がして……その……怖くて……」

「……は？」

俺の口から間抜けすぎる声が漏れる。俺が『顔を顰《しか》めて逸《そ》らしている』と思っていた彼女の仕草、それが『罪悪感に駆られて逸らしていた』っていうなら……俺たちは一体何年無駄な溝を作っていたのだろうか？

「スズ姉にも何度も相談して……色々と協力もしてもらったのに、うまくいかなくて」

俺はそのアマネの話に腰が砕けそうになった。

瞬間に思い出すスズ姉の何ともいえない呆れた表情、そして常に言ってた『一緒に客として店に来い』が事情を知っていての『さっさと二人で話せ』の裏返しだとするなら……。

「は……ははは…………なんて無駄な遠回りをしていたんだか……」

「何が？」

不思議そうに首を傾《かし》げるアマネに、俺は自分も散々スズ姉に相談していた事を教えてやると、彼女も深い溜息《ためいき》を吐いた。

「スズ姉……それなら教えてくれれば良かったのに……」

「無粋って思ったんじゃないか？　そこに口を出すのは」

そう考えてみれば、スズ姉はあらゆる助言をくれて、俺たち二人の橋渡しとして色々な切っ掛けを提供してくれていた。

これはしっかり利用出来なかった俺たち……いや、俺が悪い。

異世界で、命の危険もあってようやく会話できた俺が根性なしだっただけの話なのだ。

「……待ってたって切っ掛けは無いよな」

Real side

「あ……」

「う……」

早朝、家を出た時、そこには同じように家を出たばかりの天音が立っていた。

しかし表情はいつも通りの不機嫌に見える……やっぱり現実は夢とは違う。

俺が何か言う前に天音は眉を顰《ひそ》めた顔のまま体ごと顔を背ける……まあそっちが学校の方向だからそっちを向くのは自然なんだけど、目が合っても何も反応してくれないという、何度何年経験しても慣れる事のない塩対応に昨日夢の中でした決意が揺らぎそうになる。

『何もしない方が良いのでは？』

俺の心の弱気な部分が楽な答えの方へ誘惑する、これ以上悪化するよりは……と。

だけど、そうしていると不意に昨日見た夢を思い出してくる。

夢だというのに俺の心情的には妙にリアルで、夢の中で俺は常々『生死のかかったどうしようもない状況』を利用して天音と仲直りしていた事に後ろめたさを持っていた。

魔物の跋扈《ばっこ》する生死に関わる状況で何を言っているのかと自分でも思うけど、それでも天音との事だけを考えると『関係修復には実に都合が良い状況』にしか思えなかったのだ。

偶然を切っ掛けにしたくない、待っていても望む切っ掛けが来る事なんか無い……俺は
そんな利己的な意地を発揮して、背を向けて歩き始めた彼女に一言だけ声をかけた。

「お、おはよう……」

「………」

俺がそう言った瞬間、不意に彼女の歩みが止まった。

たった一言、当たり前の朝の挨拶……これを言うだけの事に俺は一体何年かけていたの
か。

突然拒絶されてから、これ以上嫌われる事が怖くなり何も出来なくなったあの日から。

この一言を切っ掛けに、もっと拒絶されるかもしれない……その恐怖はもちろんあるけ
ど、俺から切っ掛けを作らないでいる事は……我慢ならない。

しかし歩みを止めた天音はこっちを向く事はなく、ただ立ち止まっている。

顔も見えないから感情を読み取る事も出来ない。

その姿に、徐々に恐怖心が大きくなっていく……やはり何もしない方が良かったのか？

やっぱり、ダメなのか……そう思うと自然と俯いてしまう。

「…………おはよ」

「……え!?」

その時、小さく、とても小さい囁《ささや》きだったけど確かに俺は天音の声を聞いた。

しかし驚いて顔を上げた時にはすでに天音は駆け出していた。

まるで何かから慌てて逃げるかのように……。

「今……確かに返事を？」

数年ぶりに一言だけ出来たコミュニケーション、それは俺に喜びよりも驚きを与えて、

数分後に母親から「何してんの？　遅刻するよ」と言われるまで呆然《ぼうぜん》と突っ立ってしまっていた。

2章 予知夢　それは悪夢とも言えるが啓示とも言え……

天音《あまね》が答えてくれた……小さくだが確かに『おはよ』と。

俺はその日は一日中夢見心地というか、もしも夢なら醒《さ》めて欲しく無いというか……物《もの》凄《すご》くフワフワした気分で過ごしていた。

しかし、そんな浮ついた気分は目の前の光景に吹っ飛んでしまう。

「……え？」

突然の事態に思わず漏れた声と共に、天音の体はオレンジの光の中、宙に浮いていた。

学校の階段、その踊り場から投げだされた彼女の体は一瞬止まったように思えたが、思えただけで重力に逆らえるワケもなく、そのまま階下へと叩《たた》きつけられてしまう。

「ガッ⁉」

強烈な衝撃で肺から強制的に吐き出された息、そしてそのまま勢いよく転がり落ちた彼女は壁に鈍い音を立てて激突する形でようやく止まった。

だがそんな天音の体、特に頭からおびただしい量の血液が血だまりとなって広がって行く。

39　疎遠な幼馴染と異世界で結婚した夢を見たが、それから幼馴染の様子がおかしいんだが？

「あ……ああ……」

Real side

「うわあああ!?　天音!!」

俺は血の池に沈む天音を見て、目の前の光景に思わず声を上げて飛び起きた。

そこに広がっているのはいつもの見飽きた自分の部屋………それが意味するのは。

「ゆ、夢？　夢……か……そうか……」

呼吸が乱れていて全身にびっしょりと冷や汗をかいている。

余りにショッキングな夢の内容、天音が重傷を負う……いやあの光景はおそらく……考えたくもない文字が頭に浮かんで、俺は頭を振ってその言葉を打ち消す。

同時に、間違いなく悪夢の類だったのに心底思わずにはいられなかった。

「夢で良かった………」

*

「ここ……だよな？」

俺は学校に到着してから真っ先に、夢の中で見た『天音が大ケガを負う現場』になっていた階段を探して、多分ここだろうなという場所を見つけた。

いや、見つけたなんて大仰なものじゃないけど。

なんせそこは俺たちのクラスに向かうのに最短の階段、普通であれば登下校時に確実に通る場所、正面階段なのだから。

「一階に降りる途中の踊り場……」

そこは夢の中で天音が頭部から大量の血を流して倒れていた場所……。

その光景を思い出すと全身に寒気が襲い掛かってくる。

「⁉　バ、バカバカしい……不吉な夢を見たからって所詮は夢、気にする事ね〜な」

しかし、俺は薄ら寒い予感を拭う事が出来ず……結局今日一日、時間の許す限り正面階段に張り込む事になってしまった。

そしてとうとう放課後に至るまで張り込んでいた俺は、自分の心配が徒労に終わった事に呆《あき》れて良いのか安心して良いのか分からない溜息《ためいき》を漏らした。

しかし……いい加減帰ろうかと思った時、不意に夢の中の風景を思い出した。

「……そういえばあの夢……天音が宙に浮かんで転落する周りの光景は夕方のようなオレ

ンジ色じゃなかったか？」

そうだ……あの夢で天音が転落したのは夕方だ……だとすると……。

「……え？」

その声は俺の背後から、俺が下りて来たはずの〝階段の上〟から聞こえた。

それは驚いたような、状況を理解できていないような、そんなある意味間抜けにも思える短い女性の声。

しかしそんな女性の、天音の声に俺は瞬時に背筋が凍った。

その声に振り返った俺が目にしたのは……何が起こっているのか全く理解できていない驚きに満ちた顔で体勢を崩して宙に投げ出された……『夢と同じように』階段から転落しかけている天音の姿。

「あぶねえええええ!!」

反射的、そうとしか喩《たと》えようがない。俺の人生においてこれ程のスピードで何か行動できた事は一度もないと断言できる。

それ程のスピードで俺は咄嗟《とっさ》に階段を駆け上がっていた。

考えていたら間に合わない！　俺は投げ出された天音の下に自分を潜り込ませて、正面からガッチリと摑《つか》んだ。

「むぐ⁉」

「え⁉　あきゃ⁉」

しかし咄嗟に捕まえたのは良いものの、しっかりとホールド出来たワケではなく俺は天音の腹に顔を押し付ける格好で、階段の中腹でエビ反り状態に陥っていた。

……いかん、決して天音が重いワケでは無いけど、転落の勢いを無理やりに抑えた事で下手をすると今度は俺ごと転落してしまいかねない。

「え？　え？　なになに⁉」

天音はまだ状況を理解できていないようだけど、今の俺に説明するだけの余裕は無い！

ふおおおおお‼　耐えろ俺の腹筋、そしてふくらはぎいいいい‼

今俺は絶対に、絶対に落としてはいけない壊れ物を支えているんだぞおおおおお‼

しかし何とか体勢を立て直そうとする俺だったが、必死になるあまり、天音の腹に押し付けていた自分の顔が、支える時に覗《のぞ》いた素肌に密着している事に気が付いていなかった。

そんな状況で元々くすぐったがりである天音の腹に俺の息がかかってしまった事で事件が起きてしまった。

「あ、やん……」

「…………」

気合と根性で何とか維持していた体勢だったが、天音の発したちょっとエロい吐息を聞いた瞬間、一気に力が抜けてしまった。

「あ、やべ……」

気が抜けてしまうともう手遅れ、俺は天音を抱えたまま重力に負けて後方へと……。

「「うわあああああ!?」」

俺たちはそのまま二人そろって階段を転げ落ちてしまった。

しかしそれでも夢とは違ってかなり勢いを殺す事は出来ていたようで、天音は壁に激突する事もなく踊り場に軟着陸する事に成功した……俺を下敷きにする事で。

「ぐぐ……む」

「いた……くないけど……え!?」

どういう落ち方をしたのかは分からないけど、仰向《あおむ》けの自分の上にチョコンと乗った天音は呆気《あっけ》に取られた顔……。

そして俺が下にいる事に気が付いて慌てて立ち上がろうとして、また尻もちをついた。

「大丈夫?」

「え……えっと……夢次《ゆめじ》君?」

この時点でようやく俺がいる事に気付いたらしく、天音は軽くパニックのようだった。

俺は立ち上がって彼女に手を差し出そうとしたが、その時一階の方から「アマッち～」という友人たちの声が聞こえて、この場は立ち去った方が良さそうだと思いなおす。

「ケガはない？」

「え……ええ、私はなんとも……」

「そうか……なら良い。気を付けて帰れよ」

俺は天音の友人たちの声が聞こえた方とは反対方向、つまり階段を上って立ち去る事にした。

帰り道とは逆方向だが、何となくこの状況を彼女たちに説明するのは難しい気がする。

天音は何か言いたげでもあったけど、何となく気まずかったというか何というか……。

この場から去りたかったというのか……。

天音を助けられたのは本当に良かった……それは諸手《もろて》を挙げて言える。

けど、それは同時にあの夢は完全に『予知夢』だったという証明になってしまう。

「だとすると、あの本は本物って事になるのか？」

夢を操る事が出来るって触れ込みの実に胡散臭《うさんくさ》い『夢の本』。

正直なところ昨日見た夢がずっと気になっていたのはあの本が原因じゃないかと薄々は

思っていたのだ……どこかで認めたくなかっただけで……。

「……帰ったらあの本をじっくり読み込んでみないとな……にしても……」

俺はオレンジ色に染まる廊下を一人歩きながら、さっき咄嗟に力いっぱい抱きしめてしまった、顔をうずめてしまった、乗っかられてしまった天音の感触の全てを思い出して幸せな気分になってしまっていた。

「いかん……今日は眠れないかも……」

夢の本『初級編』

予知夢　自分、もしくは近しい人物に起こりうる未来の事象を夢で見る事。この本では主に迫りくる危機に関してのみ自動で発現し所有者に『悪夢』の形で知らせる事になる。『良い未来』に関しては前所有者の意向により見せないよう能力を削除されている。前所有者曰《いわ》く『先に知るのは無粋』だからなのだとか。

翌朝……予想通りに中々寝付けなかった。

それは階段から転落した時の痛みのせいで……とかではなく、顔面で感じた感触が、下敷きにされた時の心地よい重みが、耳に届いた天音の艶《なま》めかしい声が……すべてがリフレインを繰り返し睡眠の導入を妨げたせいである事は言うまでもない……。

「……イカン、このままでは今日は居眠り確定だな」

不快感……とも何とも言えない寝不足感を抱えたまま俺は家を出たが、目の前に起きた二度目の奇跡を前に瞬時に眠気が吹っ飛んだ。

天音が、二日連続でタイミング良く家の前に立っていたのだ。

「お、おはよ……」

「お、おお……」

更に今日はこっちを見て、それも向こうから声を掛けてくれるとは………しかしそんな些細《ささい》な出来事に感激している俺に天音はスッと近づいて、何かを手渡した。

「……え？」

「その……昨日のお礼……良かったら……」

そして天音はそれだけを言うと、そのまま学校に向かって走り去ってしまった。

まるで恥ずかしくて居《い》た堪《たま》れないとでも公言するかのように……。

「え？ ええ⁇」

だが手渡された物を確認した俺の心境はそれどころでは無い……それは奇跡とかそんな言葉では足りないあり得ないハズの代物だったのだから。

可愛《かわい》らしいナプキンに包まれた箱状の……それは学生にとっての伝説級のアイテム、存在すらあり得ないとされていた『幼馴染《おさななじみ》の手作り弁当』では!?

俺のフリーズは母から「また何突っ立ってんの、遅刻するよ」と言われるまで続いた。

Dream side

魔王討伐の旅のさなか、立ち寄った町で物資の調達など補充を行うのは当たり前の作業ではあるけれど、専門職が違うと必要になる物がそれぞれ違うのも事実。

例えば武器主体の戦闘をする重騎士と魔剣士は常に武器の手入れが必要で必ず武器屋に立ち寄るし、聖女は欠かさず各教会に報告・祈りを捧《ささ》げに参る。

立ち寄った町で一度それぞれの目的の為《ため》に解散するのはいつもの事なのだが、魔導士であるアマネが集合時間に遅れるのも……いつもの事だった。

そしてそんな時に彼女がいつもいるのは決まってとある場所。

立ち寄った町にそこがあるなら魔道具や魔法薬を調達してから、新たな魔導書を求めて間違いなく立ち寄って……。

「……やっぱり寝てるよ」

約束の時間に現れないアマネに呆《あき》れつつ仲間たちに『早く嫁を連れて来い』とせっつかれた俺がそこに辿《たど》り着くと、アマネは木製の椅子に座ったまま寝息を立てていた。

「コラ起きろアマネ……ここは寝る為の場所じゃねーって前にも注意されたじゃねーか」

「ん〜？　んん……あらユメジ、おはよう……迎えに来てくれたね」

「おはようじゃねーよ……約束の時間はとうに過ぎてんだぞ、夕方だ夕方」

「ふあ〜あ……私ってどうしてもここに来ると眠くなっちゃうのよね……」

アマネはそう言うと眠たげな眼《め》をこすりつつ盛大に欠伸《あくび》をした。

「何だろう……この雰囲気が良いのか落ち着くのよね。本に囲まれて紙とインクの匂いのする、ほど良い暖かさ、誰もが静かにしようと心得る静寂の時間……私、昔から落ち着きたい時にはよくここに来たものよ……」

その表情は柔らかく緩んでいて、戦闘の繰り返しで最近は殺伐としていた彼女の顔が学生の時に戻ったかのようで……俺も思わずまったりしそうになってしまう。

「言いたい事は分からなくはないが……そろそろ行かないと武闘家《オッサン》たち、先に飲み始めちゃうぞ？」

「……あ、そうだった」

それからまだ眠そうなアマネの手を引きつつ俺は町にあった小さな『図書館』を後にする……最近ではこのルーティーンがお決まりのパターンになりつつある。

それは暗黙の了解のようで……。

Real side

「それでは今日はここまでだな。中間テストの範囲だからキッチリ復習しとけよ～」

気が付くと既に授業が終わるところ……どうやら俺は居眠りをしていて、またもや〝あの世界〟の夢を見ていたみたいだな。

俺は不意に天音の席を見て……魔導士ではない当たり前の制服姿の彼女が真剣な顔でノートを取っている姿に現実である事を認識する。

夢のように気軽に話が出来る関係……ハプニングでも無いと接触すら難しい俺にとってはそれこそ夢のような話だ。

ただ……今日に限って俺には天音に話しかける理由があった。

昨日階段で助けたお礼と称して頂いた伝説級のアイテム『天音の弁当』、その弁当箱を返すという重要かつ難しいミッションを達成しなければならない……。

やっとの思いで挨拶するくらいしか出来ていない俺が人前で返却するのは天音にとってご法度だろうし、かと言って直接家に持って来られても嫌だろう。

周囲に誰もいなくなる瞬間を狙って弁当箱を返さなくてはいけない……俺はそう決意し

て放課後を待っていた。

「あ、あれ？」

しかし……最後の授業が終わって数分しか経《た》っていないのに、いつの間にか天音の姿が教室から忽然《こつぜん》と消えていた。

ほんの数分前には確かに着席していたはずなのに……。

「なあ神楽《かぐら》ぁ、アイツはどこ行ったんだ？」

「アイツって、誰よ……」

「天音だよ天音、お前ら一緒じゃねーのかよ」

そうしているとチャラ男こと月島弓一《つきしまきゆういち》の声が聞こえて来た。

ヤツと同じ目的なのは微妙に不快だが、友人の神楽さんに天音の行方を聞いているようなので思わず聞き耳を立ててしまう。

神楽さんは妙に偉そうに聞く月島の態度が気に入らないらしく不機嫌そうに返した。

「知らないよ、私らだっていつも一緒ってワケじゃ無いし……」

「……チッ、使えね〜。折角《せっかく》今日こそ放課後付き合わしてやろうと思ったのによ」

しかしそんな彼女の不快感をヤツは全く意に介す事なく、更に自分勝手な事を言って益々《ますます》神楽さんを不快な気分にさせつつ教室を出て行った。

ぶっちゃけ聞いているだけで俺も不愉快だけど、俺はひょっとしてこいつは本当にとんでもないバカなんじゃないのか……と思い始めていた。

友達想《おも》いの天音の友人に対して自分で評判を貶《おとし》めてる事に気が付いていないのだから。

それからしばらく……俺は教室に残っていた。

本当に何となくとしか言いようがないのだが、天音はまだ校内にいる……そんな気がしたから……居眠り中に見てしまった夢のように。

……自分でも何を考えているのかと思わなくもない、夢を根拠に行動しようなんて。

いくら先日夢の通りに天音が階段から転落し、助ける事が出来たからといって夢の示す通りに天音が放課後の『図書室』にいるだなんて事は……。

「いたよマジで……」

俺が自分自身に突っ込みを入れつつ訪れた図書室、その本棚に隠れるようにあるベンチに探し人である天音は腰掛けて、コックリコックリと瞳を閉じたまま舟をこいでいた。

その姿はさっき居眠りで見た魔導士姿のアマネと瓜二《うりふた》つで……俺は手にしたままの『夢の本』を思わず見返してしまう。

「本当に……この本は何なんだ？」

「ん……」

小さく聞こえた天音の寝言に俺は思わず飛び上がりそうになる。

「⁉」

しかし本人はまだ夢の中のようで、ムニャムニャと小さく口を動かすと再び規則正しい寝息を立て始め……俺はその姿に腰が砕けそうになった。

な……何だこの可愛い生き物は……。

放課後からいくらか時間が経って、段々と落ち始めた太陽に晒《さら》されるあどけない寝顔……夢ではなく今は現実なのは分かっているのに、俺は自分が夢の中で一体何をしていたのかを思い出していた。

……夢の中で俺は探し当てたアマネが眠る隣に座って、しばらくその顔を眺めて……普段他者の気配に敏感な彼女が自分の接近に反応しない、警戒していない事に優越感を覚えつつ優しく髪を撫《な》でて……。

「…………は⁉」

俺はそこまで思い出したところで、自分の手が天音の寝顔に伸びている事にハッとなり慌てて引っ込めた。

「うお⁉　お、俺は今何をしようとしてたんだ⁉」

まるでそれが当然の行動であるかのように、俺は既に彼女の隣に座って夢の内容をトレースしようとしていた事実に驚愕《きょうがく》する。

あ、危ない……何かこのままじゃ余計な事をしそう……。

そう思った俺は慌てて天音の隣から立ち上がろうとする……が……。

トン……

「⁉」

そんな軽い音と共に俺の左肩に何かが乗る……それは今まで経験した事のない幸福の重量感、その衝撃で俺の体は寸分たりとも動かなくなってしまった！

あ、天音が……寝ている天音の頭が俺の肩に……⁉　体温と一緒に「ク〜ク〜」という可愛《かわい》らしい寝息すら聞こえてくる……か、顔が近い⁉　天音の寝顔がマジで手が届く場所……いや息が掛かる場所に⁉

う、うおおお⁉　な、何だこの状況⁉　夢か⁉　本当は夢なんじゃないのか⁉

「ん、んん？」

「あ………」

しかし夢の時間というものは得てして短いもの……俺の肩を枕にして〝くれた〟のはモノの数分の出来事、天音は薄く瞳を開いた。

しかし天音はまだ寝ぼけている瞳で俺を見上げるなり……ニッコリと笑う。それは正に夢でも見た図書館で眠る魔導士のアマネと同じ表情で……。

「おはよう……迎えに来てくれたね……」

「…………え？」

「え？」

俺は天音が口にした言葉に一瞬何も考えられなくなった。

天音が、夢では無い現実の天音が〝どこかで聞いたような言葉〟を言った事に……。

しかし俺が疑問を挟む暇もなく、天音の瞳に理性の光がともり始めたかと思うと、次第に驚愕に大きく見開かれて……遂《つい》には俺の肩を枕にしている事に気が付いたようで、顔を真っ赤にして慌てて立ち上がった。

「は!?　へ!?　夢次……君!?　何!?　何をしていたの!?」

俺は正直この瞬間この状況をどう説明すれば良いのか判断に困ってしまう。

眠ってる天音の隣に勝手に座った結果、彼女が偶然に肩に頭を乗せて来た……端的に言うとそういう事なのだが……どう説明してもダメな予感がヒシヒシする!!

「あの……べ、弁当箱を返そうと思って、天音の事を探してたんだけど、ここで寝てたから起きるまで待とうかと隣に座ってて、その……」

慌てて俺が口走った内容に嘘《うそ》は無い……無いのだが、口にした瞬間に自分で〝ダメじゃね？〟と思ってしまう。

少しだけ交流があったとはいえ、実質疎遠状態で嫌っている男が目覚めた瞬間隣に座っている状況なんて、どう考えても情状酌量の余地があるとは思えない……が。

「あ……そ、そうだったんだ。探してくれたのね……ゴメン、ちょっと時間潰そうと思ってここに来たんだけど……よくここにいる事が分かったわね」

しかし罵倒や蔑みに構えていたのに、少し顔を赤くしただけで、アッサリと俺の言葉を信じてくれたようで……むしろそっちの方で驚いてしまった。

若干早口なのが気になるっちゃー気になるけど。

「ん？　というか何で時間を潰そうとしてたんだ？　この後何か予定でもあるとか？」

「あ〜〜〜ん〜〜〜〜〜」

俺が何気なく聞いてみると、天音は少し難しそうな顔になって唸《うな》った。

何だ？　俺は何か言いづらい事でも聞いてしまったのだろうか？

「……最近ね、私が帰ろうとする時間帯に待ち伏せされる事が多くてね」

「……え？」

予想外に物騒な言葉が天音の口から飛び出して背筋がザワッとする……待ち伏せ⁉　ま

さかストーカーとかそういう類なのか⁉

俺が警戒色を強めたのを感じ取ったのか、天音は慌てて情報を補足する。

「あ、別に知らない人とかそういうのじゃないんだけど……何ていうか普通に帰りたいのに付きまとわれるというか、しつこく誘われるというか……」

「……それって」

俺は天音が語る人物が一体誰を指しているのか……瞬時に予想が付いた。

先日の夕方、遠目に見た一緒に下校する姿。そういう仲なんだと思ったのがもしも俺の勘違いだったとするならば……もしもアレが付きまとわれて嫌がっている天音の姿だったなら……。

「じゃあ俺が一緒に帰ろうか？　どうせ家が隣なんだから……」

「へ？」

「あ……………」

俺はそんな自分にとって都合の良い想像に薄暗い高揚感を感じて、思わず言ってしまった自分の言葉に慌てる。

何を口走っているんだ俺は⁉　仮に付きまとうヤツが俺の想像通りだったとしても、何で俺が一緒に帰る理由になるというのか⁉　そんなの天音にしてみれば付きまとう男が俺

に替わるだけの事じゃないか⁉

「い、いや悪い！　言ってみただけだから聞き流してくれていいからホント‼」

慌てて発言の軌道修正をしようとする俺だったが、またもや予想外の返事が返って来た。

「えっと……じゃ、じゃあ……お願いしようかな？」

「…………え？」


それからしばらくして……俺は実に何年振りになるか分からない、幼馴染《おさななじみ》の天音と下校するという奇跡の時間を味わっていた。

ハッキリ言ってこの日の帰宅路で何を話したかとか出来事とかはほぼ覚えていない……

自分でもどこからが現実でどこまでが夢なのかと疑うくらいに現実感が無かったから……。

ただ先日俺が見かけた陸橋の上から、今度は逆にチャラ男こと弓一が射殺《いころ》さんばかりにこちらを凝視していた事だけは覚えていた。

我ながら性格が悪いと思いつつ、優越感は否めなかったので……。

3章　共有夢　夢は深層で他人と繋がっていると誰かが言った

　喫茶店で手にした本『夢を操る方法』だが、スズ姉に聞いてみたけどどうも店に置いていた本では無いらしく、いつからあったのかも分からないらしい。

「誰かの忘れ物かね？　うちは基本的に雑誌、漫画くらいしか置かないもの。店の趣向と違うから気に入ったんなら持って行って良いよ？」

　タイトルを見ただけでスズ姉はカラカラと笑って俺に本をくれた。

　そして本は晴れて俺の物となったワケだが……所有してから数日。俺はすでにこの本の事を疑ってなどおらず、最近夜寝る時間が楽しみで仕方がない。

「昨日は仲間たちと強大な組織を一網打尽にする映画だったし、一昨日《おととい》は魔王を倒す王道ストーリーだったからな〜。今日はどれにしようか？」

　俺はウキウキと『本日の夢候補』を漁《あさ》る。

明晰夢《めいせきむ》　応用
夢を自在に操る入口として、魔法陣に自らが望む『物語』を置いて眠りにつけ。

そのストーリーで自らが望む役どころとなる事が出来るだろう。

いや〜中二病はもう終わったつもりだったのに、この本のせいで再燃してしまったな。

現存する漫画や映画の中に自分を登場させて主人公と一緒に冒険したり戦ったりするストーリーを脳内で妄想していたもんだけど、そんな妄想を夢として体験できるとは……。

お陰で一昨日見た魔王を倒すストーリーは途中で〝魔王が怒る原因を阻止〟して〝勇者と魔王が悪辣な王国を協力して滅ぼすストーリー〟に誘導してしまった。

あれはあれで内政チートっぽくて非常に楽しかった……。

「今日はどれを見ようか…………これは……」

俺はその本を手に取って……男ならば一度は考えてしまう感情に支配されてしまった。

それは昼間に学校で工藤《くどう》が貸してくれた単行本、そこそこの人気があるラブコメなのだが、そこそこである理由はただ一つ、支持する読者はほとんど男性オンリーだからだ。

……まあ、要するにあっち系な漫画って事だが、可愛い女の子満載のハーレム系ではなく、あっち系とはいえターゲットをあくまでヒロイン一人に絞っているラブコメを工藤が勧めて来た事が意外だった。

「へえ〜、お前はハーレム系一択だと思ってた」

「否定はせん！　だが夢次《ゆめじ》、確かに複数の女性にモテてヒャッホーするのも男の夢と言えるがな、たった一人の女性に恰好《かっこう》付けるってのも男の夢と言えるのでないだろうか？」

彼の力説に俺たちは想像する……世界の危機を救った英雄が、数多《あまた》の求婚や報酬を捨てて田舎でずっと待っていた少女の手を取る物語。

「分かる……」

「アリだな……」

「しびれるな……」

それも一種の男の夢の形……俺たちは虚空にそれぞれの妄想を浮かべて頷《うなず》いた。

だが昼間のやり取りは取りあえず脇に置いておく。

俺は今そんなストーリーを想像したいワケではない。もっと言えば本能にしたがってあっち系な夢が見てみたい……ちょっと……エロい夢ってヤツを……。

俺は脳内で色々とモンモンとしつつ、枕元に開いて置いた本の上に工藤から借りた単行本の6巻をそっと置いた…………期待しすぎて中々眠りにつけなかったのはご愛敬《あいきょう》。

Dream side

17歳のあの日、俺たちが突然召喚されてから5年の月日が過ぎていた。

最初は説明も優遇処置も無く『魔王討伐』の名目だけで召喚した女神に文句しか無かった俺たちだったが、苦難の果てに掛け替えのない仲間たちと出会えた事を考えるとそれ程悪くも思えなくなるから不思議だ。

家族の為《ため》に戦う武闘家、腐敗教会に反乱した高潔の聖女、亡国の重騎士、一族の復讐《ふくしゅう》を誓った仙弓師、そして魔族を裏切った魔剣士……みんな掛け替えのない仲間たちだ。

しかし魔王への最終決戦を一週間後に控えたその日、チームリーダーである俺はそんなパーティーの一時解散を宣言した。

当然苦楽も死戦も共にした仲間たちは俺の言葉に激怒……元々血の気が多い連中もそうだけど、普段は温厚な聖女すら怒りを露《あらわ》にしたのが俺には驚きだった。

しかし連中を宥《なだ》めつつ俺は言葉を続ける。

「相手はあの強大な力を持った魔王だ。一週間後、俺たちがこうして再び同じ卓を囲めるかどうかは分からない。言っている俺だってここにいないかもしれないからな……」

その言葉に敵の強大さ、理不尽な強さを思い出してか仲間たちも冷静になって行く。

その事を誰よりも知っているのは俺たちなのだから、当然の事だけど。

「だからこそ、みんなには戦う理由を再確認して来てもらいたい。その上で……一週間後、決戦に参加しなくても……俺は一向に構わない」

集合場所は一週間後、この町の噴水前……俺のその言葉を最後に仲間たちは一人、また一人と席を立って行く……それぞれの戦う理由、大切な人たちと会って来る為に。

仲間たちの背中を見送りつつ、俺は自分の無責任で自分勝手な振舞に呆《あき》れてしまう。

少しでも逃げ道を作って責任感の重圧から逃れようとしている自分自身に……。

自嘲気味に笑っていると、最後に残っていたのは幼馴染で同郷の大魔導士だけだった。

「……お前はどこも行かないのか？」

そう言うと彼女は呆れたように、そして少し怒ったように頬杖《ほおづえ》をついてこっちを見た。

「分かってるクセに。私、いえ私たちにこっちで帰るべき所なんてあるワケないでしょ」

「……そうだな」

こちらの世界に思い入れが無いワケでは無いけど、やはり帰るべき場所は俺たちにとってこの世界ではありえない。

そんな事を考えていると、彼女はスッと席から立ち上がって俺の背後に回り込み、そのまま覆いかぶさるように抱きしめて来た。

「な、なにをして……」

「……自分を責めるんじゃないの」

「え!?」

「大事な人たちから彼らを失わせる事になるかもしれない。仲間を死なせたくない。だから って本当なら誰一人欠けても討伐は難しいのに最後まで責任を回避しようと逃げ道を用意する自分は、なんて無責任だ。勇者なんてガラじゃ無い、どうせそんな事考えてるんでしょ？」

そう言われた瞬間、ドキッとすると同時に一気に力が抜ける……すぐ近くに迫った瞳は心底俺を心配しているようで……彼女には何も隠し事が出来ない事を痛感させられる。

「……何で分かるんだよ」

「分かるわよ。何年貴方《あなた》の幼馴染やってると思ってるの？」

異世界転生を含めると22年、疎遠だった事もあったけど実際長い付き合いだよな～。

「アマネ、行く所がないなら……少し付き合ってくれないか？」

＊

「ひどいものよね……これが私たちが最初にいた町だなんて」

「あれからずいぶん経《た》ったのに、未《いま》だに人は戻ってないんだな……」

そこは俺たちが召喚されてから初めて冒険者として拠点にし、長期滞在をしていた所。

しかし当時は人々の喧騒《けんそう》にあふれていた町並みに人は一人もおらず、半壊した家々は襲撃が起こった時のまま打ち捨てられ、見事に廃墟《はいきょ》となっていた。

新米冒険者としてこの町で修行をしていた当時、この町は魔族が人間界に侵攻する進路上にある、それだけの理由で襲撃されたのだ。

当然町の非戦闘員である住民に魔族の数の暴力に対抗できるはずもなく、戦いは最初から避難を目的とした撤退戦だった。

俺たちが歩みを止めた町の空き地に並ぶ数多くの十字架は、当時人々を逃がす為に犠牲になった自警団や冒険者たち……英雄たちの墓。

あの時彼らがいなかったらどれ程被害が広がっていただろうか。

そして、そんな中でも一番町が見渡せる丘の上に一つの墓石があった。

それはあの日からしばらく経ってから、当時レベルも低く非戦闘員の住人たちと逃げる事しか出来なかった俺たちが自己満足の為に建てた墓所。

異世界に召喚されて右も左も分からなかった俺たちに冒険者の在り方を教えてくれ、更に俺にとっては剣を教えてくれた師匠であり……俺たちが最初に失った仲間の墓だった。

『聖剣士リーンベル』。彼女がいなかったら俺たちは間違いなく今生きてはいない。

あの日命を助けられたのは勿論《もちろん》だが、この異世界で冒険者として生き抜く術《すべ》を何一つ知らなかった俺たちにすべてを叩《たた》きこんでくれた人物だったのだから。

俺は自然と墓石に向かって手を合わせて合掌……この世界の決まり事は分からんけど、日本人の俺としては故人に対して祈るにはこうするのが性に合っていた。

どっちにしてもその辺に細かい拘《こだわ》りがある人じゃなかったから大丈夫だろう。

俺は墓石に向かい、魔族に町が襲われたあの日の事を思い出していた。

あの時、熟練の冒険者たちと殿《しんがり》を務める師匠と俺は一緒に戦おうとしたのだが、師匠は俺の事をぶん殴って怒鳴ったのだ。

『間違うな!!　貴様が守るべきはこの町でも私らでも、この世界でもない!!　たった一人の大事な女だけだろうが!!　勇者の務めなんぞ、そのついでで良い!!』

この師匠の言葉が今日までの俺の行動理念になっている。

この世界の人間が、聖剣士とまで称《たた》えられた人物が勇者に対して言う言葉とは到底思えないのに……その言葉はどんな偉い国王の言葉よりも、この世界の最上位であるはずの女神の言葉よりも俺の心に深く刻み込まれている。

世界を自分の守る者のついでに救え……そんなのまさにあの人にしか言えない格言だ。

「くく……」

「……何笑ってんのよ」

「いや、何でもない……」

俺が思わず笑ったのが気になったのか、そう聞いてくるアマネだけど、再び瞳を閉じて合掌を続ける。彼女にも『姉』として慕った人に対して報告すべき事があるのだろう。

取りあえず、今日までは何とかあの日の約束を果たせたんじゃないかと思うよ師匠。

まあ仲間に助けてもらったり、アマネ自身が強かったから生き残れた事も多々あったから、穴だらけなのは否めんけど……大目に見てくれ。

一週間後、俺はこの娘《こ》を守るついでに世界を救ってくるからよ……。

数分の間、俺たちは思い思いに祈りを捧《ささ》げてから墓所を後にした。

「さて……これで先にやっておくべき事はしたか……」

「先？　これからまだ何かやる事があるの？」

小首をかしげて尋ねるアマネに、俺の心臓は早鐘の如《ごと》く高鳴ってくる……こんな緊張は……今までのどんな戦闘でも経験の無い事だ。

思えば彼女とは長い付き合いだけど、男女の関係になったのは召喚から2年目の時。

それは、丁度俺たちが師匠を失った時……我ながら理由は情けないが、仲間を失った悲しみと苦しみを誤魔化《ごまか》すために、同じ傷心を負ったアマネと傷をなめあった結果だった。

……今思い出すとアマネに対して申し訳ない気分になるのだが。

まあ切っ掛けは最悪の部類であったけど、今となっては俺にとって最愛の女性はアマネ以外にいないと確信を持って言える。

今まで勇者という事で貴族やら王族やらの美女たちに言い寄られた事もあったけど、俺にはこの娘しかいないのだ。

異世界に来てから5年目……大人として成熟していく彼女に、俺は懐から箱を取り出して開いて見せた。

小さな輝きを放つ指輪に、彼女は息を呑《の》んで目を丸くする。

この世界の作法としては存在しない事だが、俺はやはり地球人としてこの方法を取りたかったのだ。

「俺と……結婚してほしい……」

「…………」

アマネは俺の言葉を聞いて、しばらく真っ赤になって泣きそうになったり怒りそうになったり、百面相を繰り返していたが……最後に呆れたように溜息《ためいき》を吐《つ》いた。

「勝っても負けても、私たちには後一週間しか無いんだけど？　何で今言うのかな……」

「それは……すまない。だけど……!?」

しかし俺が何か言い訳しようとすると、その口は突如アマネによって塞がれた。

真正面から抱き着いて来た彼女のキスによって……。

「いいよ……たった一週間だけど、仕方ないから私が貴方のお嫁さんになってあげる」

そう言って照れたように赤くなって笑う彼女は……幼いあの日、一緒に遊んでいた頃から何も変わっていない。

あの日からずっと俺に勇気と、癒《いや》しをくれる最高の笑顔。

そう思うとたまらなくなって、今度は俺からアマネを強く抱きしめた。

「きゃ!?　……もう、たまに強引なんだから……」

「嫌いか？」

「ううん……大好きだよ」

そして……廃墟の町で、たった一週間の俺たちの新婚生活が始まった。

たった二人だけの……甘い、甘い世界が……。

Real side

「…………」

朝である。

体を起こして周りを見渡すとよく知っている見知った風景、間違いなく俺の部屋で俺のベッドで寝ていた事が分かるいつも通りの光景。

そんな中、俺は現実を自覚すると同時に顔が、全身が羞恥で沸騰して行くのを感じる。

なんというか、とんでもない夢を見てしまった！

「のおおおおおお!?　なんつー夢を俺は!?」

俺は頭を抱えてバタバタと悶《もだ》えてしまう。

昨夜の俺は本当に、本当～に軽い気持ちで、夜中に親に隠れてエロＤＶＤを見るくらいの軽い気持ちでエロい夢を見たいと思って眠った。

……確かに希望していたようにエロい夢は見られた、しかしだ。

「あんなしっかりと、じっくりと深い愛で結ばれた関係の、重厚で甘酸っぱく初々しいエロシーンは望んでねぇ…………しかも相手が」

最終決戦前の、人生最後の日々かもしれないと最愛の人と過ごす濃密な一週間の新婚生活という夢……ハッキリ言って枕元に置いた微エロなラブコメとは全く関係がない夢。

しかもそんな相手が……窓から見える天音《あまね》の部屋に視線を向けて……再び頭を抱えた。

「やばい……今日アイツの顔をまともに見られる気がしない……」

俺は枕元に置いた本に目を向けて、この手の夢は見ないようにしなければ……という強固な決意を固めるのであった。

……数日後、早朝覚醒した俺は自分の横に幼《おさな》馴染《なじみ》の寝顔が無い事にガッカリしつつ、現実を思い出して、自分の意志の薄弱さに情けなくなった。

「また……やっちまった……」

本日で既に3回目、律儀に夢の中でも3日目になっていたが、俺は幼馴染を夢に登場させてゴニョゴニョする……アレな夢を罪悪感とは裏腹に全く止められていなかった。

気付いたら借りっぱなしの漫画を枕元に……この右手が勝手に、勝手にいいい！

脳が蕩《とろ》けそうになる……そんな表現をどこかで聞いた事はあるけれど、まさか自分が経験する事になるとは思いもしなかった。

最早《もはや》どんな恋愛ドラマであってもここまでの幸福感を与えてくれる夢を俺に見せてくれる事はないだろう……そう断言出来るほど俺はこの甘々な夢にやられていた。

睡眠とセットになる『目覚め』が無かったら俺は二度と起きる事が無いだろうと確信できるほどに中毒性がやばかった。

だって……可愛《かわい》すぎるのだ！　夢の中の新妻アマネが!!

今まで一緒に過ごしていた彼女が新婚生活で魅せる一つ一つが……。

一緒に買い物に行く時も、台所でエプロン姿の時も……そして、何と言っても一緒のベッドで寝る時など……こんなもん、絶対に他人に知られるワケにはいかない。

詳細は省くが妄想と欲望の赴くままに、そんな可愛い新妻に色々とやらかしまくった。

それはもう起床した時に自分でも引いて……罪悪感が連日襲い掛かってくるほどに。

連日俺は自分の快楽の為《ため》に、妄想的な夢の中とはいえ幼馴染の肖像権を汚しまくっているのだ……なのに、分かっているのにやめる事が出来ない。

「俺は……なんて最低な男なんだ……」

そんな今夜こそは欲望に負けないようにと、固く心に刻み込む俺が学校に向かって歩いていると、その先に件《くだん》の俺の被害者（?）であるところの神崎《かんざき》天音の姿があった。

その姿を視界に入れた瞬間、俺の心臓は犯罪者の如くドキリと跳ね上がった。

当たり前だが現実の天音は高校生。

夢のアマネに比べればわずかに若い……しかしそれでも俺の脳内フィルターは勝手に『夢の内容』とリンクさせて行く……。

お、落ち着け、アレは夢じゃなく本物の天音、夢とは全く関係のない本物の天音だ。

何食わぬ、そう、何食わぬ顔で普通にさらっと挨拶すれば良いだけだ。

ほとんど悪事が露見しないように必死になる犯罪者のような思考で、俺は前方を歩く天音に声を掛けた。

「おお、おはよう天音。今日は随分とゆっくりだな」

平静を装っていった俺の言葉は思ったよりも普通に出たと思う。

内心はいつもの三倍増しで鳴り響く心臓を抑えるのに必死なのだが……。

「ん？　……!?」

しかし、振り返って俺に気が付いた天音は驚いたように慌てて顔を逸《そ》らした。

「え？　天音……」

「おおおおおはよう!!　じゃ、私は急いでるから！　またね!!」

俺が天音の反応を疑問に思っていると、天音は向こうを向いたまま、まくしたてるようにしゃべりだし、脱兎《だっと》の如く駆け出してしまった。

え？　何だろうこの反応……。

……それからいつも通り一人寂しく学校へと向かったのだが、俺は今朝の出来事を引きずっていた。

おかしい……今までも天音と話が出来ずに疎遠だった期間はあったけど、それはあくまで俺に全く関心を持っていないような、よく言えば冷静で悪く言えば冷淡な反応だった。

今朝のように顔を見ただけで逃げられるような事は正直初めてだ。

「俺、何かしたっけ？」

思い当たる事と言えば『予知夢』を元に天音を助けた事くらいだが……いくら何でもあの後で避けられる理由は無かった。

というか情けない話、俺から彼女に対してのアプローチは朝の挨拶から進んでいない。

いや、勿論《もちろん》もう少し昔みたいに仲良くできればと『一緒に学校行こうぜ』と声を掛けようかと思わないでもないんだけど。

これは完全に自業自得なのだが、毎晩見てしまっている濃厚な夢がフラッシュバックしてしまって、どうしてもそれ以上言葉が続かないのだ！

だったらあの夢を見なければ良い……そんな事は百も承知なのだが……。

まあ、だからこそ天音に俺が何かしでかしたって可能性は限りなくゼロに近いけど。

チラリと天音に視線を向けてみると、そこには相変わらず仲良しの友達と笑う姿。

だけど俺と一瞬目が合った瞬間、天音はあからさまに慌てて視線を逸らしてしまう。

「うぐ……」

その仕草は容易に俺に致命傷を与えてくれる……少しは前進出来たと思っていたのに。

ただ、こうして天音の事を見ていて少しだけ分かった事がある。

はっきり言って俺の希望的観測が多分に含まれている気がするけど、あの仲良しに見えるグループだが、男たちはそれ程親しいワケでは無さそう……って事。

何となく天音と本当に仲良しなのはいつも隣にいる二人の女子、ギャルっぽい茶髪の神楽《かぐら》さんとオカッパ眼鏡《めがね》の神威《かむい》さんで他の、特に男共とは一定の距離があるように思える。

特に天音と付き合っていると噂《うわさ》があったアイツは、妙に天音に馴《な》れ馴れしく接触を図ろうとしてはさり気なく避けられている……そんな風に見えた。

本当に……あの二人って付き合っているのだろうか？

会話内容も聞こえないし、天音たちも笑顔であるから本当に俺の希望的観測だけどさ。

「はあ～」

「何溜息吐いてんだよ夢次。昨日貸した単行本は持って来たのか？　こっちはちゃーんと次の巻を持ってきてやったぞ」

普段考えないような事をモヤモヤ考えていると、いつものようにオタ友の工藤が機嫌よく話しかけてきた。

何というか……今日に限ってはいつも通りなコイツのノリにホッとする。

工藤は最近おすすめの漫画を俺が好んで読んでいる事が嬉《うれ》しいらしく、毎日あの漫画を一巻ずつ持ってきてくれている。

……毎日〝あの夢〟を見てしまう原因の一端はコイツにもあるはずだ！　そうだ！　俺は悪くない!!　コイツがあんな漫画を毎日俺に貸すからあんな事に!!!

そうだ！　俺が次の巻を借りなければ……。

「次はお待ちかねの混浴シーンが……」

「流石《さすが》だマエストロ、ぜひお借りしましょう」

分かっている……最も罪深いのは俺だという事は……。

Dream side

こっちの世界で体を清めるとなれば、せいぜい川で水浴びするのが上等であると思わなくてはならない。俺たちは5年間の冒険者生活で嫌と言う程その事を思い知った。

お湯に浸《つ》かるという行為が日常で行えていた日本の生活が、いかに贅沢《ぜいたく》であったかを。

こちらの世界では、仮に湯舟があったとしても湯を焚《た》くのに水を湯にする為の大量の薪《まき》を準備する必要がある。更に火を焚き続ける事は並大抵の重労働では無いのだ。

たとえ廃村の一角に浴場を発見したアマネが「へ～ここってお風呂あったんだ～。久しぶりにお湯に浸かりたいな～」と俺を見ながら甘えても……その手間を考えると……。

　しかし目を逸らす俺にアマネは耳元で囁《ささや》いた。

「一緒に入ろっか？」

…………数時間後、薪割りから水張りから風呂焚きからすべてを終えた俺はやり切った気分で奥様と一緒に少々手狭な浴槽に浸かっていた。

「単純め……そんなに一緒に入りたいの？　私の体なんて今更、見慣れたもんでしょうに」

「いや……何か幼児期に一緒に入っていた事を考えるとテンション上がっちゃって……」

お湯に浸かってほほ笑むアマネの顔は上気していて、いつもとはまた違う魅力を醸し出し……同時に幼い日に風呂で遊んで親たちに叱られた想《おも》い出も……。

「屈託なく笑っていた頃に比べて、随分と変わられちゃったものだ」

「な〜に？　昔の方が良かったの？」

両手で髪をすくい上げる美しい肢体とうなじが湯気の向こうに見え隠れして……。

「いや、今のが最高……」

「………ば〜か」

そう言いつつほほ笑んだアマネの体を俺は抱き寄せた。

この世のどんな素材でも超える事は絶対に出来ない、最高の抱き枕のように……。

そして当然のように重なり合う唇……この後俺たちがのぼせたのは言うまでもない。


新婚生活を廃村で始めた俺たちだけど、さすがに物資に関しては手に入れようがない。

というワケで俺たちは廃村から一番近い町までアマネの転移魔法で訪れていた。

アマネ曰《いわ》く〝一度来た事のある場所ならどこでも行ける〟らしいけど、魔法のそういう概念は最終決戦前になっても未《いま》だに分からん。

一瞬で廃村から人の多い町に来たからか、人の声、喧噪《けんそう》ってヤツが人の生活する中では重要な要素なんだという事をつくづく感じるね。

「よーそこのお二人さん、新鮮な野菜はいらんかい？」

「さ～今日は極上の肉が揃《そろ》ってるぞ！　そこの旦那、今日は奥さんに肉料理を作ってもらっちゃどうだね？」

そんな俺たち二人がそういう関係であると決めつけた売り声が店先から聞こえてくる。

今までだってそんな言葉は聞く事が多かったけど、実際に〝なってみる〟と全く違うように聞こえてくるから不思議だ。

「ふふ、奥さんだってさ」

「しょ、しょうがないじゃん。だってその通りなんだし……」

「そうね、その通りなんだもんね」

意識するとまだちょっと照れるけど……何だろうね、この言いようの無い高揚感は。

今だったら何でも出来そうな……些細《ささい》な事だったら何でも許せそうというか……。

浮かれている俺をカモにしようと商魂たくましい親父《おやじ》共の声が俺に向かって来る。

「そこの別嬪《べっぴん》さんを連れた旦那！　どこでそんな宝石見つけたんだ、あやかりたいね～」

「か〜！　新婚だろアンタら、さすが男前は捕まえる女もモノが違う。その美貌に天上の女神様でも嫉妬するんじゃねーのか？」

「ワハハハ……親父さん、今日の仕入れで一番高い肉を貰《もら》おうか!!　野菜も極上なのを見繕ってもらおうかね？」

「「へイ、毎度!!」」

奥さんを褒められて機嫌よくカモられる俺にアマネが少し呆《あき》れた目を向けて来るけど、まー良いじゃないか、彼らはなんたって俺の奥さんを褒めてくれたんだし〜〜。

「おおそこの旦那！　奥様の輝きには負けるが、この極上のリンゴはどうだ？」

「まとめて貰おうじゃないか!!」

「…………ま、いいか」

アマネは苦笑しながらより一層抱き着く腕の力をギュッと強めた。

「うふふ……なんて分かりやすいカモでしょうね、お二人とも」

そんな俺たちを見て、クスクスと笑う一人のシスターが近寄って来る。

というかその女性は俺たちにとって物凄《ものすご》くなじみ深い人物であり……。

「え、あれ？　ティアリスじゃん！」

「あらティア……聖女様がなんでここに？　てっきり大聖堂にでも戻っているのかと」

最後の決戦を前に一度別れた仲間たちは各々の大切な場所に向かったと思っていたけれど、この町は仲間たちとは関係ない場所だと思っていたのだが……。

「もしかしてこの町ってティアリスの故郷だったり？」

俺が思い付きで話すと彼女は小さく首を振って見せる。

「いいえ、私は7日間を使って教会の管轄する場所を回ってます。孤児院とかを中心に」

「ああ、なるほどね」

彼女は見た目の清純さとは裏腹に、神の名を語る立場でありながら己《おの》が欲に溺れ不正を繰り返す教会上層部を許せずに反乱を起こす寸前まで行った女傑だ。

ある日上層部の連中が、聖職者なら待ち望んでいたはずの『女神の信託』を夢の中で受けて以来、〝何故《なぜ》か〟私腹を肥やしていた連中がまるで懺悔《ざんげ》でもするかのように身銭を切って奉仕に努めるようになった事で、反乱の決意《ゆめ》を葬ってしまったが……。

「で……どうなの？　視察してみた結果は？」

「〝お陰様で〟上層部が自己保身と着服に回していた資金は順調に孤児たちの衣食住に回っているようです。多少の例外もありましたが……」

例外……やはり急激にすべての教会関係の不正行為を正せるワケではないらしい。

「しかし、これは私たち聖職者に課せられた課題です。〝勇者様に〟これ以上助力いただくワケにはいきませんからね」

「そうかい……それは何よりだな……」

かつては大義の為《ため》に聖女の名を捨てて己が手を血で汚す決意すらしていた彼女は晴れやかな表情でそんな事を語る。

そして彼女は目ざとく俺たちの左手を目にしてクスリと笑った。

「ところで……ようやく覚悟をお決めになられたようですねユメジさん」

「あ、ああ……その辺については度々のご迷惑を……」

彼女に笑顔でそう言われると、どうにも冷や汗が出て来る……旅の最中には何度聖職者の彼女に説教された事か……男の責任とかいつまで待たせるつもりだとか……。

現代への帰還の目途も立たない状況で〜とか色々と葛藤はあったものの、結局理屈をつけて先延ばしにしていただけの根性なしであるという自覚があっただけに、彼女の説教は毎度胸に刺さっていたのだ。

「ようやく捕まえてもらえましたか……おめでとうございますアマネさん」

「……ありがと」

少し照れたように友人の祝福にお礼を言うアマネ……彼女たち女性陣の結束も中々に強固で、俺についての不満や愚痴は全て流れていただろう事は予測出来る。

そんな女性たちにケツを蹴られて、それでも最終決戦まで覚悟を決められなかった事が何とも情けないところではあるけど……。

俺がそんな事を思っていると、不意に聖女ティアリスがある提案をして来た。

「少しだけお時間宜《よろ》しいですか？　この町にも古くて小さいですが教会はあるんですよ」

「「教会？」」

「はい……折角《せっかく》ですから私から女神アイシア様の祝福をさせていただけません？　お二人の門出を祝って……友人の結婚の宣誓って私の夢だったんです。宜しければ私の夢を叶《かな》えていただけません？」

まるで自分の為に、とでも言わんばかりの聖女の気遣いに俺たちは顔を見合わせて笑ってしまった。

やはりこの女性には聖女という称号がよく似合う。

「「よろしくお願いします、聖女様」」

その日、とある小さな町の無人の教会で新郎新婦とシスターのみというたった三人だけの結婚式が行われた。

しかし短く簡易的な式であるのにもかかわらず、夕日が差し込み厳粛な雰囲気で行われた宣誓の儀式はまるで女神に祝福されたようだったと……後に聖女は語ったという。

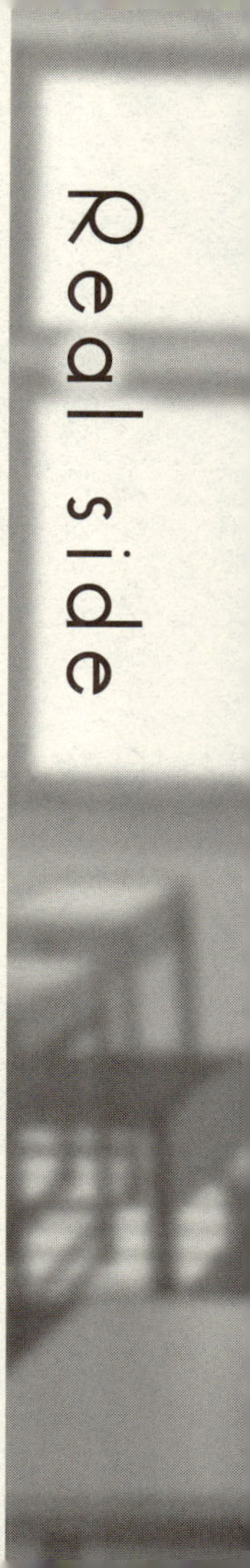

Real side

……5日が経過しました。

相変わらず爽やかな目覚め、でも隣に誰もいない事に一抹の寂しさを感じてしまう。

「また……やってしまった……」

最終決戦を前にした二人だけの甘い甘い生活、朝起きて仕事をして、食事をして眠る……そんな何の変哲もない当たり前の生活なのに二人だという事がなんと素晴らしいのか。

「い、いや……俺は最後まで見届けなければならない……この夢の結末を！」

不思議な事に夢の中でもしっかり日にちは経《た》っていて、ついには『せめて最後の7日間は見届けなければ！』などという妙な理屈を捏《こ》ねてまで同じ夢を見ていたのだ。

自覚はある……俺は完全にあの夢に溺れている。

「ねえ天地《あまち》、ちょっと……」

「ん？」

俺が不埒《ふらち》な妄想をしつつ廊下を歩いていると、二人の女子から声をかけられた。

一人は茶髪でユルフワヘアーのギャルっぽい印象の神楽さん。もう一人はオカッパ眼鏡《めがね》の大人しそうな感じの神威さん。

パッと見で接点が無さそうに見える二人だが、どちらもいつも天音と一緒にいる友人……いや親友と言ってもいいんじゃないだろうか？

どちらも中学からの友人で、丁度俺が天音と疎遠だった時期と被《かぶ》っていて……俺の知らない頃の天音を知っていると考えるとモヤっとするのは否めないけど。

そんな女子二人は警戒するような、何かを心配するような顔で話してきた。

「ねえ、アマッちに何かした？」

「……へ？」

神楽さんから咎《とが》めるように、唐突な質問が飛んできて思わず間抜けな声が漏れた。

「最近……ここ数日だけど、アマッちが上の空になってボ〜っとしてる事が多いんだ」

「お話聞いても〝何でもない〟としか言ってくれませんし……」

「いや……そう言われても……俺はもう何年も神崎とはまともに口利いてないし……」

その事実は自分の口から出した言葉だというのに、放たれた言葉が、自分の胸に深々と突き刺さる。自分が他人行儀に天音を『神崎』と言うのも同様に……。

しかし俺の話が納得いかないのか、二人は顔を見合わせて眉を顰《ひそ》めて見せた。

「そうなの？　だってアマッちがボ〜っとしてる時って、大抵アンタを見てるしさ〜」

「……は？」

「そうですよね。その事を指摘すると真っ赤になって否定されちゃいますけど、あれでは〝見てました〟って宣言しているようなものですし……」

初めて聞いた……友人二人の分析、それは又聞きの噂《うわさ》話よりも信憑性《しんぴょうせい》が高い気がする。

でも、高鳴る心とは裏腹に俺のネガティブな部分がそんなワケないと否定する。

「いや、でも原因が俺って事は無いでしょ？　俺と神崎、別に仲が良いワケじゃないし」

自分で言っててさっきよりも巨大な刃物が胸板を貫いた感覚に襲われるな……。

だが二人は目を丸くして俺が知らなかった事実を教えてくれる。

「え〜〜ウソでしょ？　確かに学校で話してるとこは見ないけどさ〜。アンタとアマッちが仲良くないワケないじゃん」

「そうですよね。天音さんにとっての最大の逆鱗《げきりん》が『天地君の悪口』ですからね」

「…………え？」

まるで〝常識でしょ〟とでも言いたげな二人から告げられた、事実に俺の思考は停止しかけた。

「そうよね〜。一度調子こいた男子が天地の悪口言ったら、その後表面上は変わらないのに一切口利かなくなったもんね〜〜。本人は気が付いてないけどさ〜」

「むしろ、未《いま》だに自分が天音さんの特別だって思い込んでますからね……ウザイです」

「え？　え⁇」


俺は何だか釈然としない思いで帰宅していた。

にしても……神楽さんは見た目通りって感じだったけど、神威さんも見た目の割に結構毒舌だったな……天音の親友なら、ただの大人しい娘《こ》って事は無いと思っていたけども。

……神楽さんと神威さんの二人の口振りから、天音の様子がおかしいのは一目瞭然だったみたいで、その原因はやっぱり俺って事は確実みたいだ。

「でも俺は現実的に何かアクションを起こしてはいないワケで……」

ベッドに置きっぱなしになっている『夢の本』を見て思わず溜息《ためいき》が出てしまう。

共に戦い、助け、自分の想《おも》いを伝えてプロポーズする……夢の俺は実に男らしかった。

さすがは夢、自分の願望を見せてくれる……あんな風に現実でも動けたらな～。

そんな益体も無い事を考えてボーっとしてたら、我が母上より『暇ならお買い物行ってきて』と指令を受ける羽目になってしまった。

目的地は近所のスーパーで、冒険者のクエストとは程遠いイベントだな。

「夢と違って現実のお買い物なんてこんなもんだよな……ん？」

俺は夢の無い現実に愚痴りつつスーパーへ向かう道を歩いていると、不意に夕日に照らされオレンジ色に染まっている教会が目に留まった。

そこは地元に昔から存在する小さな教会で、日曜日にはミサも行われている、俺にとってはごく身近な……それこそ見飽きた風景の一つ。

でも何故《なぜ》かこの時だけはそんないつもの風景が違う物に感じられた。

そしてその気分を象徴するように、まるで俺の気分を誰かが汲《く》み取ってくれたかのように……教会の前に佇《たたず》む一人の女性が教会を見上げていた。

天音だった。神崎天音が何故か夕日に染まる教会を見上げているのだ。

それだけで……俺の思考は昨夜の夢を容易に思い出させる。

夕日に染まる小さな教会、荘厳な雰囲気の中、聖女が用意してくれたベールを身に着けたこの世の何よりも美しい女性と挙げた式の風景を……。

「えっと……天音？」

「…………え⁉」

しかし俺が思わず名前を呟《つぶや》いてしまった瞬間、天音は物凄《ものすご》くビックリして振り返った。

「は⁉　ゆ、夢次……君⁉」

「あ、ああ……どうかしたの？　教会を見上げてボーっとしてさ……」

俺はこの時当たり障りのない事を聞いたつもりだった。

そしてあわ良くば、ここ最近避けられていた事についても解消できればとも思っていたのだけれど……天音は声を掛けたのが俺だと知るやいなや、何故か夕焼けの中でも分かる程に顔面を真っ赤に染め上げて走り出してしまった。

「なななな何でもないの!! それじゃ!!」

「え!? ちょ……………」

運動神経も優秀な天音の脚力は見事なもので、俺の声が届く間もなく……彼女はその場から瞬時に姿を眩《くら》ませてしまった。

「何なんだよ……一体……」

俺は最近少～しだけでもお近づきになって、昔の関係に戻れるんじゃないかと錯覚していた。

次に会えた時には弁当のお礼も含めて色々と話そうと思っていたのに……あれらは何かの気まぐれで、自分はやはり嫌われているのではないのか……そんなネガティブな考えが舞い戻ってくる。

「天音の弁当………………」

思い出しても思い出せない……正直あの時の俺には現実感が無かった。

まるで夢の出来事のように、言える事はただただ感動であったとしか……。

……過去を思い出して現在に落ち込んでいても仕方が無い。

俺は母の指令《おっかい》を完遂すべく近所のスーパーへと歩を進めた。

このスーパーも地元に根差したなじみ深い場所で、毎日何かしらの特売が行われており、ガキの頃からお世話になっている。

そういやこんな年になってからは久々な気がして思い返してみると……幼少期にはちょくちょくお隣の幼馴染《おさななじみ》と一緒にお使いに来ていた事を思い出して、また落ち込んできた。

「以前は母たちが示し合わせて二人でお使いに行かせてたんだっけな～」

在りし日の想い出に更に落ち込みそうになるが、俺は無理やり頭を起こした。

「ああいかんいかん、このままじゃ……頼まれた買い物は……げ!?」

母に渡されていたメモ用紙を目にして俺は思わず呻《うめ》いてしまう。

何故ならそこには『16時からの特売品お一人様１パックの卵』と記してあったのだから。

慌てて時間を確認すると既に16時30分は回っている。

……特売品の卵の日はヤバイ、その地元の常識を俺はすっかり忘れていた!!

「ヤッべぇ……もう無いかも!?」

俺は慌てて件《くだん》のスーパーへと駆け込むと、わき目も振らずに卵コーナーのみを目指しダッシュを敢行した。

そして目の前に特売品の卵、最後の1パックを目にして一瞬だけ間に合ったと思ったのだが、あと一歩のところで進路上にインターセプトした何者かに奪われてしまった。

「く!? 間に合わなかった……」

「あ、ごめんなさい」

特売品の勝負は早い者勝ちの非情な世界、勝者が手にし敗者は何も得られないのが不可侵の掟《おきて》……しかし勝者である女子は項垂《うなだ》れる俺にワザワザ頭を下げて……って!?

「天音!?」

「あ!?」

特売品の敗者が俺である事に気が付いた天音は、卵を片手にまたもや踵《きびす》を返して逃走しようとするが……俺は何というか堪《たま》らなくなり、思わず声を上げた。

「ちょっと待ってくれよ、俺何か悪い事したのか!? 少しだけ話せたと思ったら、また急に避けられ始めて……」

「あ………いえ、それは……」

「もしも俺の事を見たくもないって言うなら………」

言っていて自分の心臓が抉《えぐ》られる気分になるが、しかしそれでもこれ以上こんな疎遠状態を続けるくらいなら……俺はそんな気分でその事を口にしようとした。

しかし『二度と近寄らない』と声に出そうとするのを……天音がさっきとは一転して青い顔になって止めて来た。

「ち！　違う、違うの!!　そんなんじゃないの!!　夢次君が嫌とかそういうんじゃなくて……………でもゴメン、確かにあんな避けられ方したらそう思うよね」

嫌われていたワケではない!?　一瞬自分が作り出した妄想ではないかと疑ってしまったが、紛れもなく天音本人がそう口にした、してくれた事で俺の心にあった暗雲が一瞬にして吹き払われた。

「だったら……何であんなに露骨に避けてたんだ？　朝からずっと……」

俺が最大の疑問を口にすると再び天音の顔が青から赤へと変化する……器用な娘。

「ん!?　んん～～それは……何でもないの！　君は何にも悪くないの!!　単純に私だけの問題だから気にしなくても良いの!!!」

必死にブンブン手を振って天音は〝それ以上は聞くな〟を全力でアピールしてくる。

ここまで必死に俺に隠しておきたい理由……気になると言えば超気になるけど、ここで追及してはいけないのだろうな。

俺はそう考えて話題を変える事にした。

「天音は今日の晩飯の買い物？　うちはラインナップ的にカレーだと思うけど……」

「え⁉　ええそうね、今日の晩御飯は私の当番だから……卵とお肉が安かったから今日はすき焼きにでもしようかと……」

俺の露骨な話題提供に天音もこれ幸いとばかりに乗っかってくれるけど……何やら今結構凄《すご》い事を聞いたような……。

「え？　まさか天音って料理出来たりするのか？」

俺の天音のイメージは幼少期、疎遠になる以前で止まってしまっているが、意外そうに聞く俺に天音は途端に得意げな顔になる。

「ふふん、我が家の晩御飯は３日に一回は私が作ってるのよ。スーパーの買い物だって慣れたもんなんだから」

「へえ～凄いな……だから手作りで弁当も……あ！　そういえばこないだの弁当ありがとうな……その、凄く美味《おい》しかったです……はい」

「あ……はいそうですか……」

実際には感激が大きすぎて『素晴らしい』という事以外ほとんど覚えていないし、俺の脳髄には『極上の味であった』という捻《ひね》りのない言葉しか浮かばない。

俺の言葉にちょっと照れた表情を浮かべて天音は答えた。

「ユメジ、紫蘇《しそ》入りのハンバーグが大好きだものね」

「ああ、さすがアマネは俺の好みをしっかり分かってるよな〜」

…………ん？　何か今妙な事を互いに言ってなかったか⁇


しかし俺がそんな事を考えるよりも先に天音は俺にある提案をして来た。

それはどうせなら一緒に買わないかって事で、ついでに特売の卵もシェアして数年ぶりにスーパーに慣れていない俺に買い物の仕方をレクチャーしてくれるというのだ。

「その代わりに買い物のポイントはうちが貰《もら》うって事でどうかな？」

「……しっかりしてるな〜」

そう言われて断る理由もなく、むしろ天音と直接話が出来る貴重な機会の到来に俺は心の底から快哉《かいさい》を叫びたい気分だった。

それから俺は天音のレクチャーを受けながらスーパーをめぐる事になった。

ベテランを自負する彼女の買い物ぶりは伊達《だて》ではなく、商品の目利きから安くて良い物の見極めなど多岐に亘《わた》り……俺はすっかり彼女の後を付いて回る新人冒険者のような状態。

「ほら、次はお肉コーナーね。夢次君の家は今日カレーって言ってたよね？　ビーフ？」

「いや、メモ通りならポークカレーだな。バラのブロックって書いてるし……」

「じゃあこっちね！」

しかしそんな風に得意げに先導してくれる様は、幼い日に俺を連れ回していた頃を彷彿《ほうふつ》させて、なんとも言えない気分にさせてくれる。

「よお神崎さんちの……今日も夕飯の買い物かい？」

そんな俺たちに中年の男性店員から声が掛かった。

よく買い物をしている天音には顔見知りらしく、親しげな雰囲気で。

「あ、山田《やまだ》さんこんばんは」

「感心だね～……それに引き換えうちのバカ娘ときたら………お？」

そんな山田さんが俺に気が付くと驚いたように、しかし楽しそうな笑顔を浮かべた。

「お前さん、確か天地さんとこの次男坊だろ？　久しぶりだな～小さい時はちょくちょく来てたのによ～」

「え、ええ？」

……後で知る事だが、どうやらこの人はスーパーが出来た頃からずっといる現在の店長さんで、俺と天音が二人でお使いをしていた頃から知っていた人物だった。

しかしこの時点で俺は全く山田さんに覚えがなく……戸惑うばかりであった。

「だけど何だか嬉《うれ》しくなるね〜。娘もすっかり口利いてくれなくなったり成長と共に色んな事が変わって行っちまうのに……近所にまだ変わらない子たちがいるんだと思うとな」

「何がです？」

目の前の店長さんが何を言っているのか理解が追い付かず、思わず聞き返してしまうが……店長山田さんは晴れ晴れとした笑顔で言った。

「だってよ〜ガキの頃と変わらずに〝お手々繋《つな》いで〟店に来てくれるなんてな〜」

「「…………え？」」

山田さんの言葉で俺たちは互いの手を確認して……初めてその事実に気が付いた。

一緒に買い物をしている間、二人とも全く意識せず自然と手を繋いで歩いていたという……衝撃の事実に。

「!?」

その事に気が付いた途端、天音は真っ赤になって慌てて手を放した。

「えっと、それじゃあ買い物は全部済んだわよね、私はまとめて会計しとくから外で待っててくれて良いからね、それじゃ!!」

そして早口で捲《まく》し立てたかと思うと、買い物かごを片手に天音はレジまでダッシュして行ってしまった……俺の右手に熱を残したまま……。

その場に残されたのは男二人のみだったが、山田さんの心の底から申し訳なさそうな表情が印象的だった。

心情的には邪魔された気分でもあったけど、昔を知る人に〝そういう目で〟見られる事が不快だったワケでも無く……恨み言が湧いてくる事は無かった。


その晩、俺は部屋のベッドに横になって自分の右手をボーっと見つめていた。

確かに触れた……夢じゃ無く現実での天音に触れた手を……。

そしてそんな事に執心する自分が酷《ひど》く気持ちの悪い男に思えて来る……。

俺はそんな情けなさを誤魔化《ごまか》す気分で枕元の『夢の本』を手に取った。

「そういや……ちゃんと読んだのは最初だけだったな」

この本には謎が幾つもある……好きな夢が見られるという事は当然だけど、一体どこの誰が書いた本なのか？　そもそも誰の本だったのか？　何故《なぜ》喫茶店に置いてあったのかなど考えればキリが無い。

パラパラと『夢の本』を捲《めく》ってみると、色々な夢の種類が記されていた。

中には今まで聞いた事がある物から余り馴染《なじ》みのない物まである。

『明晰夢《めいせきむ》』『予知夢』『悪夢』『過去夢』『未来夢』……中にはちょっとインチキ臭いのまで

あって、『悪夢を人に見せる方法』とか……さすがにそれはと思いつつも『明晰夢』と『予知夢』は本当だったから～と、ちょっと期待してしまう自分がいるのも否めない。

そんな感じで読み進めていると、俺はある夢の項目で手が止まった。

「共有夢？」

それは俺にとってあまり耳馴染みのない夢。

……だというのに何故だろう……物凄くその言葉、その夢の種類に嫌な響きを感じる。

共有夢　他者と同じ夢を見る事。

「…………………………え？」

息が止まる……両手から、背筋から嫌な汗が一気に噴き出して来る……な、なんだ!?

悪寒が、止まらない！

「いや……イヤイヤイヤ！　そそそそんなワケない!!　そんな事は物理的にあり得るワケないではないか!!　いくら『夢の本』だからといって、狙って共有夢など……」

俺は震える手を押さえつつ否定する材料を見つける為《ため》に『共有夢』の項目を読み進める。

しかし……本がもたらしたのは否定ではなく肯定……。

・共有夢を発動する方法。
半径は10〜15メートル程度。眠る際に夢を共有させる者に対して『夢の本《ワレ》』の上部、鳳《おおとり》の紋章を向ける事。
＊夢の主導権は術者側にある為、共有した側はただの夢として認識。
術者の意志によって共有した側に『明晰夢』を与える事も可能。


最近……天音は俺の顔を見るだけで避けていました……真っ赤になってました。

夕焼けに染まる教会なんて地元では見慣れた建物を何で見つめていたのか？

……そして俺はここ数日、余裕で10メートル圏内にある天音の部屋に『夢の本』を向けて調子に乗って一体何の夢を見ていたっけ？

もしも、もしもだ。俺が自分の欲望の赴くままに勝手に見ていた夢を、天音も一緒に見ていたのだとしたら……。

「うあ……あああああ!?」

自分の部屋にカッターナイフを置いていなかったのが幸いだった。

あったら間違いなく俺は自分の首筋に迷いなく突き立てていた事だろう。

Dream side

たった一週間なのにアマネは新妻として甲斐甲斐《かいがい》しく家事をし、甘い新婚生活を二人で営んでいる……他人事《ひとごと》であれば幸せいっぱいの夢。

その夢を見るようになって丁度7回目、律儀にも夢でも7日目の、最終決戦に向けて仲間たちと合流する約束の日になった。

そんな緊迫していてもおかしくない朝だというのに、夢の始まりはいつも通り……二人一緒に寝ていたベッドの上からだ。

目覚めた時、まるで愛《いと》おしいと体全体で表現するかのようにアマネは俺の体に手をまわしたままほほ笑んだ。

「あ、ゴメン。起こしちゃったね」

それはまるでいたずらが成功した子供のように愛らしく、いつまでも見ていたい笑顔で。

しかし……しかし俺は言わなくてはならなかった。

そんなアマネを現実に引き戻す言葉を……。

「もしかして……だけど…………」

「うん？　どうかしたの？」

「アマネ……俺と同じ夢を見てたり……する？」

「…………………え？」

その瞬間まるで〝目を覚ました〟ように瞳を丸くするアマネの表情を最後に、俺の意識は現実世界へと覚醒した。

……物凄《ものすご》い冷や汗と共に。

4章　共有する夢の世界

ＡＭ２時、世間的には丑三《うしみ》つ時《どき》とも言われる深夜。

そんな時間だというのに俺のスマホが震え、瞬間俺は誰もいない自分の部屋だというのに思わず正座をしてしまった。

画面には『神崎《かんざき》　天音《あまね》』の表示。相手は……予想通りの、今まで親経由で番号自体は登録していたものの通話する事なんてありえないとほとんど諦めていた女性から。

今までなら……それこそ昼間、『夢の本』で事実を知る前であったなら驚きつつも数年ぶりの連絡に喜び勇んで通話をタップしただろう。

しかし今の俺は冷や汗が止まらず、手がバイブするスマホ以上に震えている。

それは判決を下される罪人の恐怖。通話をタップして返事をする声が自然と掠《かす》れる。

「……………………はい」

「……………………夢次《ゆめじ》君？」

「ハイユメジデス……」

久しぶりに聞いた自分と会話する為の言葉だというのに、その声に戸惑いと押し殺した余り考えたくない感情が乗っているような気がする。

「一つ答えて……」

「は、はい⁉　何でしょうか⁉」

「私が使える最強の攻撃魔法は？」

少しの沈黙の後、意を決したように天音が口にした質問。

それは普通だったら笑って済ませる冗談にしか聞こえない、ふざけた質問。

だが……先ほどまで見ていた〝あの夢〟を天音も共有しているとしたら？

俺はいつの間にか乾いてカサカサになっていた口を開き、震える声で〝あの夢のアマネ〟なら知っている、どんな漫画やゲームにも載っていない攻撃魔法を答える。

「大獄炎魔法《だいごくえん》カラミティ・アマネ・エクスキューション……」

それは夢の中の、異世界冒険譚《ぼうけんたん》でアマネが〝どうせならオリジナルの名前を付けたい〟とのたまい、自分の名前を含めたちょっとダサ目の必殺魔法。

普通なら絶対に分からない正解を俺が言った瞬間、突然部屋の窓がガラリと開いた。

「ひ⁉　え⁉」

時刻は深夜、しかも2階の窓がいきなり開くのは怪奇現象のようで一瞬声が漏れたが、怒りに顔面だけでなく全身を真っ赤に染め上げた天音が侵入して来た事に息が止まる。

「ゆ〜め〜じ〜〜〜？　少し聞きたい事があるんだけど〜〜〜〜!?」

『あ……死んだ……』

今まで疎遠だった幼馴染《おさななじみ》との久々の会話なのに……俺はこの時死を覚悟していた。

「つまり、先週スズ姉の喫茶店で見つけた好きな夢を見られる『夢の本』を使って毎晩君は楽しい夢を見ていたって事？」

「おっしゃる通りです」

「それで……味を占めて数日前から〝あんな夢〟が見たいと思ってこの本を選んだと？」

「……返す言葉もございません」

現在俺は証拠物件のラブコメの漫画を手にベッドに腰掛ける天音の前で、床に正座して顔を上げる事が出来ずにいる。

見下されているのは分かるが、冷淡に、ゴミを見るような瞳を受け入れられる程俺は強者では無い。特殊な性癖でもあれば相当なご褒美かもしれないが。

何しろ『エッチな夢に天音を登場させた事』について、本人に問い質《ただ》されているのだ。

ここ数日、俺が夢の中で彼女に行った狼藉《ろうぜき》の数々を考えれば……情状酌量はおそらく望めないだろう……絶望感と罪悪感が半端ではない。

ちなみに『夢の本』に関してはすでに夢の中で一度説明して、その上で現実での答え合わせをしたので、その特殊な力に関して天音もすでに理解している。

今更『そんな本があるワケないじゃん。は・は・は……』と誤魔化《ごまか》すのは無理なのだ。

……黙っていればバレなかったかもしれないけど、正直俺はその事を隠したまま生活できるほど面の皮が厚くないようで……黙ったまま罪悪感を抱える事は出来なかった。

その結果がこの状況なワケだけど………。

しかし怯《おび》えて顔も上げられない俺に呆《あき》れ返ったのか、天音は深く溜息《ためいき》を吐《つ》いた。

「……まあ、夢次君もいい歳《とし》の男の子だからそんな物を手に入れたら、ちょっとは〝そんな夢を見てみたいと魔が差すのは仕方がないのかもしれないけど……」

お？　この〝しょうがないわね〟的な発言……もしかして情状酌量の余地が？

俺は淡い期待を持って顔を上げようとするが……次の言葉に再び慌てて目線を下げる。

「ただ……さ。そういう夢を見ようとして、その夢が意図した物と違って、そして……相手がわ、私だったってところで……何でその夢を見るのを止《や》めなかったの？」

「………」

額から止めどもなく汗が流れ落ち、頭が沸騰するほど煮えたぎって熱くなる……。

え……それを言わなくてはいけないのですか？　本人を前に……ですか？

「おかげで私も、君の話じゃ不本意だったみたいだけど……連日〝あの夢〟を見る事になったんですけど？」

「そ……それは……」

共有夢に巻き込まれた彼女は俺を逃がす気はないらしい。

数年ぶり、ようやく出来たまともな（？）会話なのに何という緊張感なのだろうか。

最早《もはや》これまで……俺は処刑台に登る気分で己の真実を口にする。

「余りに、その……あの夢のアマネが可愛《かわい》すぎて…………止めようとは思っても……どうしてもあの甘い一週間に浸りたくなって……」

「!?」

天音が息を呑《の》む気配がする……おそらく軽蔑のあまり吐き気でもしたのだろう。

好きでもない男にそんな夢、というか妄想をされていた事を聞かされたのだから。

しかし溢《あふ》れ出る罪悪感は俺の口から次々と罪の告白を促していく。

「本当に、最初はちょっとエッチな夢を見たかっただけなんだ。だけど一緒に起きたり、一緒に食事したり、一緒に買い物に行ったりする新婚生活の幸福感を一度味わってしまうとどうしてもまた見たくなってしまって……」

「…………もう、いい」

「台所で料理するのも、掃除する姿も、寝る時の姿だって一度見てしまうと何度でも見たくなってしまってついつい……」

「もういいって言ってんでしょ!!」

「ぐぼ!?」

次の瞬間、俺に〝顔面を真っ赤に染めた〟天音のフライングラリアットが直撃。

しかしさすがは天音、結構な勢いだというのに声も衝撃音も深夜を考慮してか控えめに抑えられている。それにもかかわらず、見事な威力を維持したままだ。

そして更に天音はそのまま俺の背中に跨《また》がって両足を掴《つか》むと反対側にホールドを極《き》める。

いわゆる『逆エビ』の体勢、腰と足があらぬ方向に曲げられてメキメキと激痛が走る!

「こんの〜〜〜〜〜！　連日連夜あんな夢を見せられて、私がどんだけ悩んだと思ってるの!?　自分で自分が分からなくなったじゃない!!」

「イダダダダ！　ギブギブギブ!!」

腰どころか全身がビキビキいっとる……そういえば思い出した！

疎遠になる前、天音はよく俺に必殺技をかけてくるような、言葉よりも先に手を出すようなアグレッシブな女子だったのだった!!

「ネットで夢の事を調べてみれば昔の偉い人が『夢は性的欲求の発露』とか言ってて、自分はあんな夢を繰り返し見るなんてどんだけ変態なのかと真剣に悩んだじゃない！　また仲良くなれた夢は良かったのに仲良くなりすぎでしょうが！　この〜〜〜!!」

「イダダダ！　マジでゴメン!!　新妻の天音が余りに可愛くて……」

「まだ言うか！　このエッチ!!」

ガキの頃よりも格段にパワーアップして物凄《ものすご》い激痛だというのに、久しぶりに幼馴染にかけられたプロレス技に喜んでいる自分がいた。

…………別に特殊な性癖に目覚めたとかではないぞ？　多分。

「……それで、本当にこの本を使えば見たい夢を見る事が出来るの？」

ひとしきり俺相手に暴れて落ち着いた天音は『夢の本』を手にその事を聞いてきた。

ちなみに今までの夢については『今度やったら相応の責任を取ってもらうからね！』という約束の下に、一時的に許しを得る事が出来た。

なんという寛大さ……夢とはいえ、相当な妄想《セクハラ》にお許しをいただけるとは。

俺の幼馴染は天使かもしれない。

そして、強烈な出来事があったせいか……俺たちの間にあったはずの溝、数年間の疎遠状態が何となく無くなってしまった……これがケガの功名というのだろうか？

「でも、それってどうやってやるの？　そもそもこの本、何にも書いてないけどなんでそんな事が出来るって分かったの？」

「え？」

天音が『夢の本』をパラパラと捲《めく》りながらそんな事を言う。

「何も書いてない？　そんなワケ……」

ないと言いたかったが、横から俺が見た本の中身は天音の言う通り白紙だった。

確かに後半は何も書いてなかったけど前半にはしっかりと文字が羅列されていたはずなのに……彼女が開いて見せた一ページ目にも何一つ書いていない。

「え⁉　これってどういう……」

しかし俺が驚いて彼女から本を受け取ると、その瞬間何も書かれていなかった本にびっしりと文字が浮かび上がる。まるでパソコンが起動したように。

「え⁉　ええ⁉　な、何で⁇」

横で驚きの声を上げる天音だが、俺だって同じような心境だ。

その後試しに再び天音に本を渡してみると、やはり文字は消え失《う》せ白紙に。俺が手にすると文字が現れるという、訳の分からない怪現象を体験した。

気味が悪い……それはこの本で好きな夢を見られると知った時には全く思わなかった事。

自分だけが読む事が出来るというのが何かの呪いのようで、今更不気味に感じてきたのだ。

………妄想を具現化できる夢に浮かれている場合ではなかったんじゃないか？

冷静に考えると背筋が寒くなってくる。

しかしそんな俺とは裏腹に、天音は興味津々とばかりに目を輝かせていた。

「つまり……これって夢次君だけがこの本に選ばれたって事なんじゃない？　資格を持った者のみが手にできる魔導書、みたいな！」

そんなポジティブな事をのたまう天音、さすがに楽観的すぎだと思うのだが……。

「あ、でも夢次君が開いてくれれば私にも読めるね……どれどれ」

しかし俺の思考は、無遠慮に俺の手元の本を横からのぞき込む天音によって寸断された。

床に座り込む俺の上、ベッドからのぞき込む天音のいい匂いと体温が余りに近い距離に感じられる……しかも今の彼女は、今気が付いたけどしっかりとパジャマ姿。

可愛いし、エロい……い、いけない！　さっきまで見ていた夢を思い出してしまう!!

そういえばあの夢だって体温や匂いまで詳細を再現していたかと言われれば、そこまではなかった。

現実的な情報が『夢のアマネ』にリアリティーをドンドンと追加していって………。

「……ねえ、ちょっと聞いてるの？」

「!? はい？」

妄想に4D補正が掛かる直前、不満そうな天音の声が俺を現実世界に呼び戻した。

いけない……現状本人が横にいるのに、今思い出すのは色々まずい。

「わ、悪い聞いてなかった」

「もう、だからこの明晰夢《めいせきむ》？ ってのと共有夢を使えば私も見たい夢を見られるのよね？」

「……え？」

それはある意味予想通り、『見たい夢が見られる』となれば自分もとなるだろう。

実際そんな妄想を漫画や映画にした作品は色々存在するのだから。

「いや、そうは言うけど……もしかしたらこの本、何か危険な代物かもしれないし……」

先週から今まで、何も疑問も持たずにこの本で夢を満喫していたが、突然浮かんでしまった不気味な恐怖に今後も同じように使っていいのか？ という戸惑いが生まれていた。

まして『俺の不用意な行いでもしも天音に何かあったら？』と思うと……。

だが、そんな心配をする俺に天音は不満げな視線を寄越《よこ》した。

「何よ……自分は散々楽しんだんでしょ？ 私が一緒じゃ嫌なの？」

「え……？　そんな事……」

あるワケない……数年間疎遠だった天音と一緒に『夢の中で遊べる』と考えるなら、これ程嬉《うれ》しい事はない……だけど……。

「……夢の中で私に〝あんな事〟したのに、今更一緒が嫌とか言わないでしょうね？」

「うぐ!!」

腕を組んで睨《にら》みつける天音だけど、その顔は真っ赤に染まっている。

それは俺にとって超級の殺し文句……それを出されては俺は天音の要求を全て受け入れるしかないではないか……夢という免罪符を盾に俺が天音にした狼藉《ろうぜき》の数々………。

「わ、分かりました。ご、一緒させていただきます………アタ!?」

俺が今まで見ていた夢を思い出すのを寸断するように、天音は俺の額を軽く叩《たた》いた。

「言っとくけど、そっちの夢じゃ無いからね！　まったく……君ってそんなにエッチだったっけ？　昔は可愛い男の子だったのに」

「……すみませんね。俺も思春期真っ盛りでして」

ちょっと怒って見せる天音だが本気で怒っているワケではないようで……そんな反応の一つ一つが妙に嬉しい。

「それで……何の夢を見たいの？」

Dream side

そこはおそらく日本のどこかにあるだろう採石場。

そんな風景の中、突如現れるいかにも〝自分は悪役だ！〟と自己主張する外観の、何かの昆虫をモチーフにした怪人、と取り巻きの雑魚たち。

「くくく……よくも我らの計画を台無しにしてくれたな！　こうなれば貴様らを直接叩けばよいだけの事だ。覚悟しろゴアアアアアア!!」

前口上もそこそこに、俺たちに向かって炎を吐き出す怪人。

「うお!?」

「キャ!?」

俺たちは左右に散る格好で炎の放射をかわし、緊迫した表情で睨みつける……のだが。

「いきなり攻撃とは許せないわね怪人！　私たちが成敗してあげるわ！」

緊迫したシーンで懐から『変身ツール』を取り出した天音の表情には欠片《かけら》も緊迫感は無く、ひたすらニヤニヤウキウキしている。

「ゴアアアアアア!!」

……そのせいで完全にワンテンポ遅れてしまい、怪人の次の火炎放射を許してしまう。

「ウワチチチチ!!?」

危うく火だるまになりかけた天音が地面をゴロゴロ転がって、何とか回避に成功するけど、非常に恰好《かっこう》が悪いな。

「こらあ！　こういうシーンでは怪人は待つのが古来の共通ルールじゃない!!」

「……何を言っておる？」

立ち上がって怒る天音だが、本番を考えれば『特撮』としても今の攻撃は正しいだろう。おまけに『劇中』でその事を『主人公』が口にするのもルール違反じゃないか？

「ウキウキしすぎて余韻に浸ってるんじゃない！　早く変身しろよ、順番から行けばメインが変身しないとサブが変身出来ないんだからな!!」

「……それを言っちゃうのもルール違反なんじゃないの？」

攻撃から逃げつつ軽口を叩く俺たち……打ち合わせは事前にするべきだったか？

そんな事を思いつつ俺たちはそれぞれの『変身ツール』を手に、天音は満面の笑みでベルトに、俺は腕輪にセットする。

〝ガシャン〟とやたら小気味良い音と共に俺たちは二人でポーズを決めて叫んだ。

「「変身!!」」

その瞬間ベルトから発生した赤い光が天音の全身を覆って行く。

そして完全に姿が変わった時、俺たちは都合よく二人とも崖の上に立っており、自己紹介と決めポーズの瞬間、背後で爆発が起こる。

ポーズを決める天音がプルプルと震えている……相当感激してあらせられるらしいな。

「コスプレじゃない、ＣＧじゃない…………私、本当に変身ヒーローになってる‼」

ガキの頃から活発で、魔法少女よりも変身ヒーローを好きだった天音だけど、どうやら未《いま》だにその好みは変わっていなかったらしい。

見たい夢を見るには『物語』が必要。本やＤＶＤなどの媒体を用意しろと言ったら、迷う事なく変身ヒーローのＤＶＤを持って来た天音。

学校で女子同士で仲良く話している辺り、その手の趣味は卒業したと思っていたけど。

「凄いわ…………コレが、コレが○○スーツ……」

しばらく感動に打ち震えていた彼女だったが、眼下にビシッと指を突きつけ叫ぶ。

「貴様らの野望、この私がいる限り許しはしない！　覚悟しろ、トワアアア‼」

そしてノリノリで天音は危険を顧みる事無く崖の上から飛び上がると、そのまま敵陣に向けてキックで突っ込んで行った。

「○○ーキ〜〜〜〜〜〜ック‼」

ドオオオオオオン!!

「「「「ギャアアアアアア!!」」」」

そして爆音と共に吹っ飛んでいく敵役の怪人たち……。

しかし天音はそれで終わる事なく着地と同時にベルトを操作すると、手元に主人公専用の武器『ソード』を発生させる。

「アハハハハ最高、最高よ！　私は今正義のヒーローしてるうううう!!」

そのまま笑い声をあげてソードを振り回すと囲んでいた雑魚が纏《まと》めて吹っ飛んでいく。

あの状態ではどっちが悪役なんだか……俺が呆《あき》れていると崖の下から天音が叫んだ。

「何してんの夢ちゃん！　一緒に暴れるわよ!!」

夢ちゃん……それは疎遠になる前に天音が使っていた俺への渾名《あだな》。

当時は女子っぽくて嫌だったのに、久方ぶりの渾名に俺もテンションが上がって来た。

「お、おお任せろ!!」

俺は自分が扮《ふん》するサブヒーローのメインウェポンである『光線銃』を抜き放って戦いの渦に飛び込んで行く。

「再結成祝いだ！　パ～～～ッと行こうか相棒!!」

「アハハハ負けないよ～～～!!」

Real side

朝、俺は不思議な気分で目を覚ました。

昨夜、悪事がバレて天音が部屋に来た、夢について色々話した、そして何年かぶりに、『夢の中』で一緒に、思う存分遊んだ……それらの出来事が、まるで夢のように思える。

「いや、実際に夢の中の出来事なんだよな。当然か」

しかし夢……その事を思うと不安が増してくる。

昨夜の出来事、疎遠だった幼《おさな》馴染《なじみ》の天音と過ごしたひと時のすべてが『夢の本』が俺に見せた都合の良い夢だったんじゃないのか？

本当の、現実の天音は相変わらず俺の事を無関係な人間のようにスルーして、今日もいつも通り俺の知らない人間関係の中で笑っているんじゃないのか？

しかし、そんな暗い思考は玄関を開けた瞬間綺麗《きれい》さっぱり霧散してしまった。

制服姿の天音が、昨日の夜と同じように俺に正面から笑顔を向けて立っていたのだから。

「おはよう夢次君」

「あ、お、おはよう………」

「や～昨日は楽しかったね～。私、あんなに興奮したの人生で初かもしれないよ」

それは今までとは違う……いや、昔に戻ったような、一緒に遊んでいた頃の天音の姿そのもので……疎遠になっていた数年間の鬱々とした気分がその瞬間に払われてしまった。

「何言ってんだか……。前口上抜きでいきなり攻撃を仕掛けるのは邪道とかガキの頃は言ってなかったか？　それは必殺技やポーズと同じくらい大事な要素だとかなんとか……」

「む……確かにそうなのよね。昨日は初めてだったから興奮しすぎて手順を忘れてたもんね。う～ん迂闊《うかつ》だったわ～。次は気を付けないと……」

「次って……またヒーローすんの？」

当然のように言う天音……つまりそれはまたも夜には一緒に過ごす事になるワケで。

しかし天音は気にした様子もなく朗らかに笑う。

「当たり前じゃない！　当然今夜も一緒だからね？　プランを登校中に話し合うわよ‼」

素っ気ない風にそう言われて、俺は内心歓喜していた。

一緒に登校できる……そんな事が飛び上がりたいほど嬉しくて……。

「…………ヘイヘイお供しますとも」

一緒にいる時間のすべてが特別……奇《く》しくも〝あの〟夢の中で常に俺が思っていた事を強烈に実感してしまう朝の出来事だった。

5章 明晰夢に伴う実体験を必要とする事象

天音《あまね》と一緒に登校する……それが数年ぶりの、願望交じりの夢ではない現実となったとはいえ、俺と彼女の学校での付き合い方が急に変わるワケじゃない。

一緒に登校したとはいえ教室には別々に入ったし、昼休みにはいつも通り天音を中心に男女を問わずクラスメイトたちが集まっていて、俺はいつもの男四人で集まっていた。

しかし今日はいつもと違って俺たちの間には険悪な空気が流れている。

「だから、スピードと汎用性、量産の利く生産性を考えればリアルが最強なんだって！」

「その通り！　物量に勝る戦力はあり得ない!!」

「いや、装甲の強度と圧倒的な火力！　ロボットはスーパーが絶対の強者なのは明白！」

「そうだ！　下手すれば一撃で撃墜されるリアルよりこっちのが強いじゃないか!!」

まあ内容はロボットアニメはスーパー系とリアル系のどちらが強いかという実にくだらない事が原因なのだが……。

しかし議論《バカ話》はヒートアップして互いに譲らないのでまとまる事はない。

私見だが男のアニオタは大抵お気に入りロボットを持っていて、必然的に思い入れのある作品を最強と称する傾向にあると思う。

ちなみに〝一年戦争〟からすべてを網羅したアレに思い入れがバリバリの俺は完全にリアル派なのだ……異論は認めん!!

「だいたい工藤《くどう》は何でスーパー派なんだよ！　今期のお前のお気に入りはリアル路線の作品じゃないか！」

俺の指摘に工藤は「うぐ」と胸を押さえるが、地獄の底から搾りだすような声で呻《うめ》く。

「その娘《こ》が先週行方不明になったんだよ……」

「「あ……」」

そうだった……奴《やつ》のお気に入り、ちょっと主人公と交流のあった妹キャラは敵対した後に主人公によって撃墜、爆破四散したのだった。

「リアルロボットの装甲の薄さはどうにもならん！　お気に入りのキャラが同じ機体に乗る確率の高いスーパーの方が良いと悟ったのだ!!」

は、反論しづらい……そう言われると確かにこっち路線のロボットはお気に入りが作中で死にやすいという難点が存在するからな……。

「や、まあその点についてはお悔み申し上げるけどよ……そういう事を引き合いに出し始めるとスーパー系だって死亡するリスクはあるんだから、一概に安全とは言えんだろ？」

「でも先週に関しては機体の装甲さえ十分ならあの悲劇は起こらなかったはずなんだ！　量産を可能にした機体が抱える強度の問題は今後も重要な課題になってくる……。あとあの娘はまだ生きている!!　お悔やみ申し上げるな!!」

「そうよ！　搭乗機体が頑丈だったら、先週の悲劇は起こらずに済んだのよ!!」

「しかし世の中には〝当たらなければ〟という至言もある。それはどんなロボットアニメでも変わらないし、巨大で頑丈なロボットも壊れる時は壊れる」

「そうだ……それに一度壊れると汎用性も互換性も無いから修理に時間が掛かるデメリットも大きい。こっちは修理も早いし同型機なら乗り換えも出来る！」

「すぐに修理できなくても、そこから改造、さらなるパワーアップがお約束で醍醐味《だいごみ》じゃないの！　そしてすべてが集結してからの熱血合体!!」

「パワーアップイベントならリアルだって二機目への乗り換えがお約束じゃないか！　むしろ前の機体にヒロインや仲間が乗って連携攻撃を仕掛けるクールな展開!!」

「だから！　それじゃあお気に入りのキャラへの危険性が変わらないじゃないの!!」

「だからそれは巨大ロボットでも変わらない非情な現実で装甲だけの問題じゃ……」

「待て待て待て！　いったん落ち着け夢次《ゆめじ》！」

議論がヒートアップしていく中、オタ友の連中が俺の事を揺すって止めた。

気が付くと俺の正面に『私は譲らないよ』とばかりに真剣な表情をした天音の姿が。

あ、あら？　俺はいつの間に天音と激論を交わしていたんだ？

「あの、神崎《かんざき》さん？　いつの間に俺たちの会話に交じっていたの？」

「ちょっと君たちの話が耳に入って、熱い議論の内容に、どうしても口を出さないといけないと思ったからね」

得意げに鼻息を荒らげる天音……そういえばこの娘、昔から日曜朝のヒーロー物が好きだった事もあって『合体ロボット』が好きなタイプの女子ではあった。

「私はスーパーロボットに一票よ！　同じ機体で同じコックピットで全員で叫ぶ必殺技！これに勝るものはあり得ないわ!!」

「うおお！　まさか神崎さんが我々の同志だったとは!!」

「ようこそ我ら特機連合同盟へ！」

「一緒に連邦量産主義の連中と戦いましょう!!」

手の平を合わせて団結する奴ら……しかしそんな天音に待ったを掛ける者がいた。

「それは聞き捨てなりませんね……天音さん」

そう言い背後から現れたのは、眼鏡《めがね》をクイッと上げて光らせる天音の友人神威《かむい》さん。

「汎用性の利く、訓練次第で誰でも搭乗できる機体がベースのリアル路線はそちらの『選ばれし者』限定の展開よりも場面によっては生き残る確率が上がります。特殊な場面のみに焦点を当てても最強を論じる事は出来ません。私はリアルロボットに一票です」

おお！　まさかまさかのこちら側にも援軍が!!

「……それにスーパーは大抵キャラが濃い。細身のイケメンはリアルに多いから至高！」

「そうだ！　力ずくですべてを片付ける傾向があるスーパーよりも技とスピードに主眼を置いた戦闘スタイル……リアル路線の方が強いのは世の理《ことわり》！」

「よくぞ来てくれた！　友軍よ!!」

「待たせました……共に大砲大出力主義の連中と戦いましょう」

チラッと横を見ると茶髪の神楽《かぐら》さんは〝ヤレヤレ〟とばかりに呆れた顔をしていた。

『あたしは中立』との事らしい。

うん、下らない議論なのは俺たちも分かり切った上で話しているのだ。

「いや〜神崎さんがオタク文化、それもロボット談義に参戦してくれるとは……」

「な〜に、女の子がロボットアニメを見ないとでも？　君らは女子がその手の番組を見るなって輩《やから》じゃないでしょ？」

「無論だ！　むしろ我らの同志が異性に、しかも同じクラスにいた事に感動して……」

大抵『戦い』をベースにした話は女子受けが悪い事が多いしな。

つーか泣くな！　お前らどんだけ卑屈なんだよ!!

「ね～ね～天地《あまち》、昨日アマッちと何かあった？」

そんな事を考えていると、ちょっとニヤ付いた笑顔で神楽さんが質問してきた。

「いや、別に特別な事は……」

「ウソね。昨日までアマッちは何でか天地だけには話し掛けないとこがあったからね。誰とでも仲良くなるあの娘が天地だけにはなんでかな～って不思議だったんだけどさ」

「そうですよね。天音さん、天地君を気にかけてはいたけどどこか距離があったって感じでしたからね。なのに昨日の今日で二人とも凄《すご》く自然と話してますものね」

神楽さん、神威さんの二人が妙に鋭い突っ込みをしてくるけど、真実を話すワケにはいかない。

『夢の中と思って天音に色々した事がよりによってバレて、凄く怒られた』なんてな。

「いや……な、昨日の夜たまたま話す機会があって……今まで何とな～く疎遠になってたから互いに話す切っ掛けが摑《つか》めなかったというか……」

俺が当たり障りのない事を言ってお茶を濁すと二人とも納得がいったのか「あ～」って顔になった。まあ100パーセントウソではないしな。

「ま、分かるっちゃ～分かる。アタシもガキの頃遊んでた男子と今は話さないしな～」

「天音さんがっていうのは少し意外ですけどね」

二人の中でも天音は『男女問わず誰でも仲良し』とインプットされているんだな。

その中に俺が今まで入れなかった事を考えると複雑な気分だけど。

色々話していると、ロボット談義でも感じた事だけど俺たちは主に漫画やアニメ、ゲームなどを好み、彼女たちはドラマ、小説、都市伝説など俺たちのテリトリーから少し外れた物語に詳しく……結構会話の相性が良かった。

ロボット談義では中立だった神楽さんは『都市伝説』について一家言あるらしく、一度語りだしたら、みんな彼女の語りに引き込まれてしまう。

「何と……最近の都市伝説はそこまで進化していたのですか。我ら凡人は表面的な部分しか知らなかったという事なのか……」

話自体は有名である『電車系』の都市伝説を聞いていた工藤は息を呑《の》んだ。

そんな反応が嬉《うれ》しいらしい神楽さんが嬉々《きき》として話の佳境に入ろうとすると、突然さっきまで向こうにいた天音と噂《うわさ》のあるチャラ付いた男が不機嫌全開の表情で近づいてきた。

「おいお前ら、何オタ共と話してんだよ。こんなの無視して向こう行こうぜ」

明らかにこっちを見下した物言い……自分の方が上だと思い込んだ傲慢な態度だ。

そんな威圧的な態度に工藤が若干怯《ひる》んだが、不思議な事に俺はイラつきの方が勝った。

普段なら関わり合いにならないように流すのだけど、そこに天音が関わっていると思っただけで俺はヤツを自然と睨《にら》みつけていた。

「あ⁉　何だその目は……何か文句あんの？」

「………………」

どうやら俺の反応が気に食わないらしいチャラ男は、更にすごんで来る。

だが、これまた不思議な事に前ならビビっていたと思われるのに幾ら睨まれてもすごまれても……ムカつきはするが、恐怖の感情は一つも湧いてこなかった。

『……明晰夢《めいせきむ》でヒーローのやりすぎ……かな？』

ここ毎晩俺はあらゆる戦いの、毎回世界は違えど『ヒーロー』の夢を見まくっていて、襲い掛かる敵や化け物など迫力満点の連中を相手にしていた。

同い年の、特別鍛えているワケでもない男の威圧なんて……それに比べれば……。

「……はあ」

俺が呆《あき》れた溜息《ためいき》を吐《つ》くと、チャラ男は「てめえ！」と顔を真っ赤にして摑みかかろうとして来た……が、それを天音が止めた。

「ねえ……何で私たちが貴方《あなた》に指図されなきゃならないの？　私たちが昼休みに誰と話しても、他人の貴方にとやかく言われる筋合いは無いけど？」

「な……お前⁉」

それは酷《ひど》く平坦《へいたん》で冷淡な声……傍《はた》で聞いている俺たちですら背筋を冷たい物が走った。

しかし他人……天音は確かにそう言った、彼氏と噂されていた奴に対してハッキリと。

そしてチャラ男はしばらく怒っているのか戸惑っているのか分からない百面相をしていたが、やがて「気に入らねぇ」と吐き捨てて教室を出て行った。

「嬉しそうね天地」

「⁉」

唐突に神楽さんが俺の心情を耳打ちしてきて心臓が跳ね上がった。

「その反応……アマッちがアイツと付き合ってるって噂を聞いてたんでしょ？」

「う？　……え、ええ」

急激にバクバク鳴る心臓を何とか鎮めようとしていると神楽さんはニカッと笑って俺の背中をバシバシ叩《たた》き始めた。

「あはは、安心しなよ。そいつはアレが意図的に流したデマだから」

「意図的に流した？」

「前にも言ったろ？　幼馴染《おさななじみ》を馬鹿にして自分を上に見せようとするヤツって。アイツがその筆頭でさ、それで全然アマッちが靡《なび》かないもんだから周りから固めようってね」

アレと表現したのが教室を出て行ったチャラ男なのは明白だが、あいつはそんな事をしていたのか？　見た目の割にやり口が狡《こす》いというか……。

「あれでアマッち、結構ストレスだったみたいだよ～。周りの空気を気にして黙ってたみたいだけどさ……好きでもないヤツと噂されるなんて……ね」

俺は正直神楽さんの細やかな気遣いに驚く。

見た目では分からないけど、彼女も彼女なりに親友を気遣っているようだ。

「それに……あの人たち仲間面で話して来るのに、内容はほとんど人を貶《おとし》めての自分自慢ばかりですからね。聞いてても一つも話が面白くないんですよ」

うおっと神威さん、貴女《あなた》も見た目のワリに毒舌ですね。

＊

「いらっしゃ……お？」

喫茶店のドアベルを鳴らして俺たちが店に入ると、スズ姉が驚いた声を上げて笑った。

「ほほ～、ようやく一緒に来てくれたね色男」

俺が天音と一緒に来た事をからかい交じりに喜んでくれているようだけど、あんまり本人の前で掘り下げないで欲しいんだが……。

「何の話？」

「い、いや、気にすんな……」

後ろで小首を傾《かし》げる幼馴染に俺はそう言う事しか出来ない。

それから俺たちは促されるままに店の端、いつも俺が座っていた落ち着く席へと座る。

ただ、一緒に座った天音は向かいではなく隣に着席した。

天音の体温を真横に感じる、落ち着かないスタイルなのだが……一応理由はある。

「じゃあ夢次君、これより『夢の本』について調べて行きましょうか」

「お〜け〜」

『夢の本』には『見たい夢が見られる』という楽しさがあるのは分かっているが、この本が持っている力、他の夢を〝利用する〟方法というのが俺たちは気になっていた。

そもそもこの本は『俺が』触れていないと文字が浮かび上がらず読む事が出来ない。

その辺の現象を俺は不気味に思っていたのだが、天音は「って事はこの本は君にしか使えない、君は本に選ばれたって事だね！」とポジティブに言い切っていたのだ。

そう言われれば自分のエロい妄想《ゆめ》がだだ洩《も》れに伝わった事以外は実害は無い。

そんなワケで放課後にスマホでググりつつ『夢の本』に出てくる内容を少しでも理解し

よう、場合によっては利用しようという流れなのだ。

天音は俺が触れていないと本が読めない。つまりこれは学校で教科書を忘れた隣の人に自分のを見せてやるようなモノだ。

……だからスズ姉、そんなカウンターの向こうから「あらあら」って感じで見ないでくれるか⁉ 余計に意識しちゃうだろ‼

俺とは対照的に顔を近づけて本をのぞき込む天音は自然体だ。

自分勝手な夢を見てしまってから、天音の事を意識しすぎな自覚はあるけどよ……。

「うん、君が持てば私にも読めるね、何々？ 夢を操る方法、明晰夢、あ、あった」

天音が検索してみるとすぐにその夢、『明晰夢』のワードがヒットした。

「明晰夢、ルシッド・ドリーミング、夢の中で『夢を自覚』する事で夢を操作する事が出来る夢……なんか不思議だけど科学的に本当にある夢なんだね」

「科学的に証明されてんの？」

「うん……え〜っと、実際に明晰夢を見られる人はいるみたいだけど……見るまでには相当に訓練が必要みたいだね……ほら」

明晰夢を訓練によって見ようとした場合、相当毎日『この夢を見たい』と意識する事が重要のよう……ポピュラーなのが夢の日記をつけたり……らしいけど。

「うえ～意識しすぎで余計に眠れなくならないかコレ？」

「だね……実際にやろうとしても眠れないし、面倒になって止《や》めちゃう人が多いみたい」

だろうな……毎日日記をつけて、常に夢を意識しながら～なんて作業をするくらいだったら、俺は一日で止める自信がある。

「なのに、この本はそんな訓練なしで好きな、見たい夢を見られるんだから、最高よね」

……確かに昨日のヒーローの夢は天音のＤＶＤを利用する事で簡単に見る事が出来たけど、確実に見られるかというと微妙だ。

何故《なぜ》なら俺がはまってしまった〝あの夢〟は本来『学園ラブコメ』の夢を見るつもりで選択した本が原因……無理やり共通点を上げるとなると『幼馴染』『ラブコメ』『ヒロイン一択』辺りくらいだし、何であんな夢を見てしまったのか分からない。

……あの本が本能的に俺が見たかった夢を選択した……とか？

そんな事を考えていると、横から天音に頬《ほお》をつねられた。

「いてててて⁉　な、なんだなんだ⁉」

「……なんか今、またエッチな事を考えてなかった？　最近君が考えてる風だと高確率で〝あの事〟を考えている気がするけど？」

え⁉　何で分かる⁉　そんなに顔に出ていたのか俺⁉

「めめ、滅相もない。明晰夢からあの一週間の日々を思い出すなんて事は絶対……」

「……私はまだ〝その夢の話〟だなんて言ってないんだけど？」

「…………あ」

語るに落ちるとはこの事……くそう、誘導だったのか⁉

俺は真っ赤になる天音に両手で顔を挟まれて、正面からメンチ切られる。

「いい……あれは夢だからね。絶対にカウントされてないんだからね……勘違いしちゃダメなんだからね……お～け～？」

「お、おーけーおーけー……」

そんなやり取りを経て、俺たちは『夢の本』の内容を調べ読み進めていく。

ただ、その過程で少しだけ分かってきたのは世の中で言われている一般の『夢の種類』とこの本が示すモノは微妙にニュアンスが違うって事だった。


『共有夢』（一般論）他者と同じ夢を見る。大抵は同情報を持つ者が似た夢を見た偶然。

（夢の本）指定した相手と夢を共有する。

『予知夢』（一般論）夢で見た事が現実になる。

（夢の本）術者、もしくは近しい者に生命に及ぶ危機が近づいた時、発動する。

『過去夢』（一般論）昔起こった事を夢に見る。現実がうまくいっていないと見る事が多く現実逃避の意味合いもある。

（夢の本）術者がその空間内の過去へ夢として遡れる。ただし過去夢発動中、本人はその場から動く事ができない。

『未来夢』（一般論）将来起こりうる事を夢に見る。予知夢、正夢と同列にされる事が多い。

（夢の本）対象に『あり得るかもしれない並行世界』を見せる夢。


と、ここまで順調に調べていた俺たちだったけど、ある項目に差し掛かった所で今までスムーズにスマホをスクロールしていた天音の手が止まった。

「悪夢……か。あんまり面白そうじゃないな」

「ん～～～まあ……ね」

悪い夢、嫌な夢、現実でも嫌な事が起こった時に引用される事も多い単語だしな。

「悪夢は、自分の命、尊厳を脅かすような恐ろしい内容の夢。恐怖で起きてしまうほど生々しく、夢の内容を鮮明に思い出す事ができるもの……か」

「ただし悪夢と言っても悪い事ばかりではなく、不安に思っている事を先に見せる事で警告するような役割も果たす。例えば『遅刻する夢』『忘れ物をして怒られる夢』など」

「中々ポジティブな捉え方だよな～俺はこんな考え方嫌いじゃないけど……天音？」

俺が検索結果に感心していると、天音は妙に浮かない顔をしてスマホを眺めていた。

「……え？　ああ何でもないんだけど、この悪夢の件《くだり》で『夢の内容を鮮明に思い出す事ができるもの』ってあるけど、これって覚えていなければ悪夢じゃないって事なの？」

「この通りに解釈するなら、そうだろうけど……」

「だよね……う～～～ん」

「どうかしたのか？」

なんだかその見解に対して納得がいかないような感じで唸《うな》りだす天音。

「夢次君、この本で明晰夢《めいせきむ》を見るようになったのっていつからなの？」

「う、え～っと……大体10日くらい前かな？」

唐突に聞かれて言葉に詰まってしまうが、思い返してみると魔が差して〝あの夢〟を連日おかわりしてしまうまでは色々な映画やゲーム、漫画を体験しようとしていた。

「最初の夜に見た夢って、もしかしてアメコミヒーローの？」

「……そうだけど、もしかしてその日から？」

確かに俺が本を手に入れてから最初に選んだ夢は有名なアメコミヒーローの映画だ。

つまり俺の見ていた夢は最初から共有夢で近所の天音にだだ洩れだったって事らしい。

あまり変な話を選ばなくて良かった……あの夢以上のやらかしはない気はするけど。

「その夢では私はヒーローに助けてもらう一般人だったけどね～。でね？　君が私を共有夢に巻き込む前なんだけど、見ていた夢があるんだ」

そう言ってカラカラとひとしきり笑うと天音は真剣な顔になった。

「もしかしなくても……悪夢なのか？」

「君のお陰か分からないけど、多分10日前からは見てない……と思う。ネット検索で記憶に残るのが悪夢って言ってるからどうかは分からないけど」

「えらく歯切れが悪い物言いだな」

「毎朝起きる時に〝嫌な夢を見た〟って事だけは分かるのに、いつも夢の内容は覚えてないのよ。何か、すごく怖い夢だったのは分かるのに……」

そう言う天音の顔は暗く怯《おび》えている。

夢の内容を忘れるのは珍しい事じゃない、『人間は浅い眠りと深い眠りを繰り返し、夢は浅い眠り〝レム睡眠〟で見る』らしく、人は一回の睡眠で繰り返し夢を見るという。

そして覚えている夢は明け方のレム睡眠のみ、それすら覚えている時は少ないとか。

「夢を忘れるのは不思議じゃないみたいだし、何か嫌な事でもあったんじゃないの？　ストレス過多でも悪い夢って見るみたいだし……」

「う～ん、それは否定できないかも……」

そう言って天音は微妙な表情を浮かべるが、スズ姉がサービスで出してくれたショートケーキを一口頬張《ほおば》ると、一転して極上の笑顔になる。

「ん～～～美味《おい》しい。やっぱりスズ姉ん家《ち》のケーキは最高よね～」

「なんなら俺のも食うか？」

モンブランを差し出す俺に天音は一瞬目を輝かせたが、歯を食いしばって首を振る。

「だ、駄目よ、ケーキは一日一個まで……それ以上は危険、危険なのよ」

甘い物を制限する……男よりも活発だったのに、天音もしっかりと女子してんだな～。

「気にしなくても良いんじゃないか？　まだ時間は早いし、だいたい天音は全然……」

「ダメ！　それ以上言わないで!!　それは古来女子を誑《たぶら》かす悪魔の甘言なの。その言葉に数多《あまた》の女子は敗北して来たんだから」

「敗北って……」

「まだ大丈夫、全然太ってない、もう一つくらい……油断した瞬間地獄の扉が開くのよ」

う～む、お年頃の女子は修羅道か何かを進んでいるのだろうか？

しかし難しい顔をしていた彼女はハッとすると『夢の本』を明晰夢のページに戻す。

「明晰夢とはいえ実際の感覚、痛覚とかの五感を完全に再現するには実際の体験、完全な情報が伴わないと難しい……か」

明晰夢の項目、条件は結構多くて複雑……当たり前な事だけど映画や漫画のヒーローみたいにパンチ一発で岩を砕ける人間は現実にはいないし、銃弾を生身ではじく人もいない。

仮に砕けるパワーがあっても、肉体が耐え切れず大怪我《おおけが》を負ってしまうだろう。

明晰夢でヒーローをやっている時にもその辺の感覚は実に曖昧だった。

それがどうかしたのか聞こうとすると、天音はいい笑顔でズイッと顔を近づけてきた。

「ねえ夢次君、ちょっと口を開けてみて？」

「え、あ？　あ〜〜」

唐突な彼女の行動に驚き俺は反射的に口を開いてしまった……何の考えもなしに……。

「うん……はい！」

パク……そして突然口いっぱいに広がるイチゴの酸味と生クリームの優しい甘さ。

何が起こったのか、何をされたのか理解するまでに数秒かかった。

そして理解が及んだ瞬間血液が逆流沸騰し、顔面が、全身の体温が急上昇する!!

「う、うえ？　ふぁ、ふぁにお!?」

それは最早《もはや》都市伝説、俺とは全く無縁の存在だと思っていた女子からのあ〜ん……!?

あまりの唐突な大事件に俺は狼狽《ろうばい》して混乱するしかできないのに、天音は何でもないような顔をして「フフフ」と笑った。

「これで君はこのショートケーキの味を覚えた……私の野望が叶《かな》えられる……ククク」

「……は、はえ??」

まだ理解が追い付かない俺に天音は明らかに作った悪人面を浮かべて手を組んで笑う。

天音の企《たくら》みは……あの『夢の本』で明晰夢を見る場合、使用する俺が情報、つまりショートケーキの正確な味を覚えていれば、夢の中で幾らでもショートケーキが食べられる

……そう思ったらしく、『夢の中ならばケーキを幾ら食っても太らない』って事みたいだ。

「乙女の永遠の夢！『いくら食べても太らない体質なんだよね〜〜』。あの言葉を口にした女子に何度血涙を流した事か……それが……ふふふ、なんて素敵！」

少女漫画のようにキラキラした瞳で、そんな事を力説されてもね。

「明らかにショートケーキとは別の〝甘味《あまみ》〟が加わっているんだけどな」

ちなみにその晩に見た夢は『戦う巨大ロボットの中でホールのショートケーキを二人羽織で食べる』というよく分からないものになってしまった。

……何でも詰め込むのは良くないって事なのか？

閑話　邪魔された惨劇

タタンタタン……タタンタタン……独特な走行音を刻みつつ、電車は線路をひた走る。

そんな車両の内部は無人、誰一人として乗ってはいない。

だけど……そんな無人の車両のはずなのに、内部はどんな惨劇があったのか分からない程におびただしい大量の血液で汚染されていた。

そんな車両を眺め『それ』は立腹していた。

いつもであれば今日この3両目に、己の不運に怯える最高の味付けを終えた『食事』があったはずなのに……それが無い。

『それ』はいつも通り、手順通りに目を付けた『食材』に最高の味付けである『1両目』と『2両目』を施していた……なのにいつまでたっても3両目に現れないのだ。

『それ』は立腹し不快な気分になる……そんな事は今まで無かったのに。

タタンタタン……タタンタタン……『それ』は予定通りに進まない事態に苛立《いらだ》っていた。

6章 過去を見る夢

ある日、一人の女子高生が殺害される事件が起こった。

第一発見者が倒れている彼女を目撃した時にはすでに彼女は息をしておらず、地面に広がった大量の出血からも彼女が背後から鋭利な刃物によって刺され、出血多量で絶命した事は明白である。

被害者の名前は『神崎天音《かんざきあまね》』、近所の高校に通う2年生で、友達も多く人気者であったとクラスメイトたちは怒りと悲しみに暮れているとの事。

警察は怨恨の線も含めて事件を追っている。

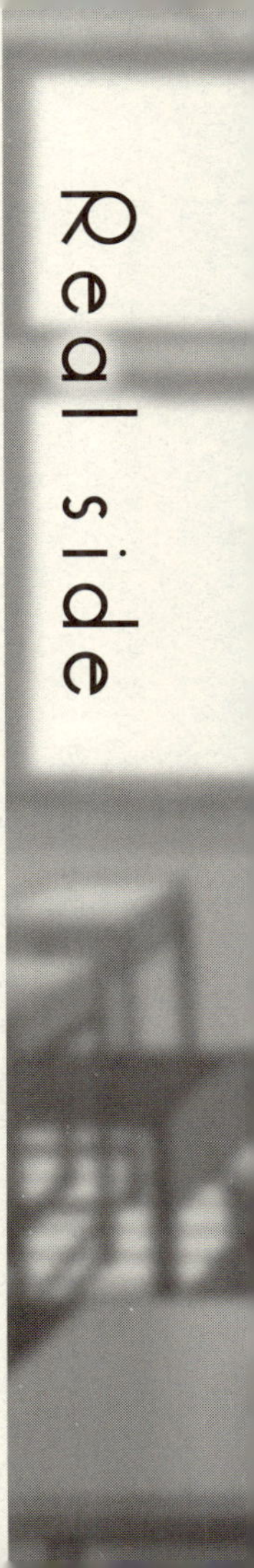

Real side

「うおあ!?」

俺はそう怨嗟《えんさ》の言葉を絞り出す人物が自分である事に気が付いて飛び起きた。

「ゆ、夢……そうか夢……か……」

全身から汗が噴き出していて、飛び起きた瞬間一気に体が冷えてブルリと震える。

「夢で……良かった……」

俺はまたもやこのセリフを吐いてしまっていた。

*

「あ、おはよう。どうしたの昨夜は、一緒に夢見られなかったけど」

「よ、良かった〜〜無事だったか……」

「ちょ!?　どうしたの？　大丈夫??」

早朝玄関を出たところで俺は無事な姿で立っている天音の姿を見て心の底からホッとし

て思わずその場に膝をついてしまった。

心配していた天音を逆に心配させてしまっては本末転倒だけど。

……しかしあの予知夢だと思われる夢は扱いや判断が難しい。

何しろ見たい場面が自己判断で指定出来ないから、詳しい情報を確実に得られるってワケでも無いし、見た夢が予知夢だという確証もないのだから。

「予知夢か……そういえば『夢の本』にも書いてあったね。自分か近しい者へ危険が迫った時に自動的に警告するんだっけ？」

迷ったが、警告の意味でも知っていた方が良いと判断して夢の内容を天音に教える。

さすがに自分が殺害されるって部分には顔を青くしたが、天音はすぐに思案げな顔になった。

「この前天音が階段から落ちた事があったろ？　実はその時も予知夢を見たから助けに行けたんだよ。大分半信半疑だったけどな……」

「え？　あの時も？」

天音はそれすら予知夢の範疇《はんちゅう》だった事に驚いたようで目を丸くする。

「……それでさ、あんまり考えたくないかもしれないけど、最近何か恨みを買うような事っていうか、自分を恨んでそうなヤツっているもんなの？」

怨恨の線、ニュースや刑事ドラマの常套句《じょうとうく》っぽいけどそこを詳しく知っておかないと対策の立てようがないからな……。

俺としては天音はクラスでも中心にいて友達も多く、誰かに恨みを買うような事があるようには到底思えないんだけど。

しかし天音のジャッジは俺とは違うようで、小首を傾《かし》げて「う～ん」と唸《うな》り始めた。

「何か思い当たる節でも？」

「どうかな？　むしろありすぎて分からないかも……」

意外だ、超意外……天音はそんな対象になる方ではなく自身も悪意に敏感では無いと勝手に思っていたが、天音は天音なりに人間関係を結構冷静に構築しているみたいだった。

「マジでか⁉　あんなにいつも一杯の友達と楽しくしゃべっている風なのに？」

俺が驚いて言うと、天音はクスリと笑った。

「君はちょ～っと私という女を買いかぶっているみたいだね？　私にだって仲良くしたくない人もいるし悪口だって言うわ。人間関係が広がればそれだけ恨んだりする事も恨まれる事も増えて行くのは仕方がないわ」

……む、そう言われると否定はできない。

確かに疎遠だった期間があったから俺の天音のイメージは幼少期で止まっている。

そして、話を進めると天音から気になる情報がもたらされた。

「そういえば階段から落ちた時、私誰かに押されたような気がしたんだった……」

「……え？」

俺は思わず歩みを止めて天音を見返す……君、今何て？

「それにあの日ってそれだけじゃなくて……中庭を歩いていたら野球のボールがどこかから飛んで来たし、校舎裏では上から鉢植えが落ちてきたりしていたのよね……」

俺は思わずズッコケそうになる……階段以外にも明らかに明確な敵意を持った何者かの人為的な策がなければそんな偶然が立て続けに起こるワケが無いだろうに！

「ボールと鉢植えって……」

「ボールの方はカグちゃん……神楽《かぐら》さんが気付いて咄嗟《とっさ》にキャッチしてくれて、鉢植えは運よく当たらずに済んだけどね」

「……何でそんな一大事を先に言わない！」

俺は思わず声を上げてしまう……いくら何でも警戒心が無さすぎだ！

「ちょっと……気になる事で頭が一杯でね……今まで忘れちゃってたのよ」

「気になる事？　そんな身の危険が迫っている一大事を忘れるなんて……」

『あり得ないだろ？』と言おうとする俺に天音は恨みがましい目でかぶせてきた。

「ちょっと……誰かさんのお嫁さんになっている夢を連日連夜見せられたせいで……ね」

「激しく申し訳ありませんでした‼」

俺は人目もはばからず土下座を敢行……１００パーセント私のせいでございます‼

「しかしそうなると、天音がこうして出歩いている事自体が危険な気もするけど……」

天音にはしばらく学校を休むとかしてもらって、身の安全の為《ため》に家に籠城して……。

しかしその意見に天音は眉を顰《ひそ》める。お気に召さないらしい。

「情報が君の〝あるかもしれない〟夢ってだけじゃ、それは最後の手段だと思うけど？」

「む……」

「仮に間違いなく予知夢だったとして、籠城した自宅が安全かどうかも分からないし」

……意外に天音は俺以上に冷静に『夢の本』の力を捉えていた。

おまけにまるで〝それ以上の事態を幾つも経験している〟かのように、妙に腹も据わっているし……普通自分に危害があるって聞いたら恐怖で取り乱してもおかしくないのにな。

確かにそれは『予知夢』の欠点。見た夢がその通りになるって確証は無いし、『予知夢』とロゴが出るワケでもない。単なる悪夢って可能性も無くもないって感じで……。

「クソ～、せめて夢の中でもう少し情報を提示してくれればな～～～」

「明晰夢《めいせきむ》の時みたいに夢の中で自由には動けなかったの？」

「……昨日の夢では明晰夢の時みたいに『これは夢の中だ』って感覚が無かったから」

それは予知夢の時も同じで〝後から〟夢だったと分かる物だったから……。

これが明晰夢の時みたいに夢だと自覚していたら新聞の日付や死亡推定時刻なんて重要な情報を収集していただろうけど。

「あ……そうだ！」

しかし俺が考え込んでいると、天音は何かに気が付いたとばかりに手を打った。

「ねえ夢次《ゆめじ》君、『夢の本』今日は持ってきてるの？」

「は？　ああ……ここ最近は持ち歩いてるけど……」

天音に言われてカバンから古びた本を取り出す。

基本的に寝る時以外に使用用途が無いから持ち歩く必要は無いのだけれど、何となく最近この本を持っていないと落ち着かない自分がいる……本当に何でなんだか。

取り出した本をそのまま渡そうとすると、彼女は俺の手をワシッと掴《つか》んだ。

唐突なスキンシップに思わず心臓が跳ね上がる。

「う、うえ!?」

「こら、手を放さないの。この本は君が持ってないと読めないんだから……」

そしてそのまま本を捲《めく》りだす天音。

確かに……この本は何故《なぜ》か俺が触っていないと文字が浮かび上がらないという奇天烈《きてれつ》な仕様だから仕方ないと言えば仕方がないのだが……。

何度体験してもそんな近すぎる距離は慣れる事は無く……腕が、体が当たる……顔が近い……彼女のいい匂いが……体温が……うおおお!?

っは!?　あれは近所の噂《うわさ》好きのおばちゃん!!

ち、違うんだって！　そんなアラアラみたいな顔で見られても……。

「あ、あったあった、コレよコレ」

しかし天音の方は気付く事もなく、あっけらかんと目的のページを探り当てていた。

「…………コレは」

『過去夢』　術者がその空間内の過去へ夢として遡れる。
　ただし過去夢発動中、本人はその場から動く事ができない。

＊

それからしばらくして昼休み時間、俺と天音は昼飯を共に確保する名目でチャイムと同時に購買へと駆け抜け、調理パン《戦利品》を手に中庭に訪れていた。

無論犯行が起こった時間の『過去』を見る為に……。

「それで？　そのボールが飛んできたのってあの日の何時ころなんだ？」

「ムグ……多分12時から1時の間くらい……かな？　丁度あの辺をカグちゃん、神威《かむい》ちゃんと教室に向かって歩いていたの」

天音は中庭の中央部付近を指さし、その情報を元に俺は『夢の本』を開いた。

・過去夢を見る方法。
このページに手を挟み込んでから見たい日にち、時間を思考しつつ見たい場面と同じ場所で入眠せよ。

覗《のぞ》き見られる過去は睡眠時間と比例する。


「……つまり見られる時間は一時間眠れれば一時間だけって事らしく、動画再生みたいに早送りも早戻しも出来ないって事か」

「予知夢もそうだけど、結構不便な事も多いよね、この本」

そこは言い出すとキリが無い……勝手に共有夢発動とか、予知夢は確信に欠けるとか。

「とはいえ、やってみない事にはしょうがない。まごついていたら昼休みが終わっちまう」

俺は本の通り『過去夢』のページに手を挟んで芝生に寝転び腹の上に『夢の本』を置く。

不思議な事にそれだけで強烈な眠気が襲い掛かってくる。

多分それは『夢の本』の効果で、遠くの方から聞こえてくる生徒たちの喧騒《けんそう》、心地よい風が吹き抜けていく音、ポカポカ陽気が眠りを助長していく……。

「じゃあ……ひとまず……」

「は～い……お休みなさい」

Dream side

気が付くと俺はさっき眠りについた中庭の芝生の上にいた。

いや、これは〝いる〟と表現できるモノなのだろうか？

自分はその場から動く事は全く出来ないのに周囲は絶え間なく動いている。

並木は風に揺れているし、向こうの方から生徒が歩いてくるのも見える。

ただ、すべての景色が若干褪《あ》せたセピア色になっていて……よくあるドラマやアニメの回想シーンを彷彿《ほうふつ》させる景色というか……。

「……そうか、これが過去夢」

明晰夢とは違い自分の意志で動く事は出来ず、かと言って予知夢とは違う感覚の夢。

ありていに言えばレトロな映画を黙って見ているような気分の夢だった。

「すごいね……まるで昔の映画みたい」

「そうだな……俺もそう思って……え？」

唐突に隣の方から聞き慣れた天音の声が聞こえて、今まで誰もいなかったはずの場所に視線を向けると……意識した瞬間に全身が光の集合体の人型って感じで天音が姿を現す。

ボディーラインが艶《なま》めかしく、ちょっとエッチだがそれは黙っておこう……それより。

「どうやって夢の中に？　過去夢に入れるのは俺だけだと思っていたのに……」

何しろ今回の『過去夢』を見る方法は本に手を挟むってだけだけど、俺はそんな単純な方法ゆえに一人しか実行出来ないと踏んで、天音には目覚まし役を頼んでいたのだ。

「あ〜それは共有夢を応用してみたの」

しかし天音はむしろ得意げに、共有夢と同じように『夢の本』上部の紋章を自分に向けて、一緒に眠れば同じように過去夢にも入れるんじゃないか？　と思って実行したと言う。

「昼休み中、一人で待つのも退屈だろうから仕方が無いっちゃ〜仕方が無いけど……」

「いいでしょ？　明晰夢も面白いけど、過去を見られるって体験もしてみたいじゃない？」

興味津々、そんなキラキラした瞳で力説してくる天音。気持ちは分からなくも無いが。

「今から見るのが自分に恨みを持っているかもしれない犯人だって分かってんのかね？」

……現時刻11時50分、中庭から見える校庭の時計で時間は確認出来る。

時計が現地に用意できるか不確定な事もこの本の厄介な弱点っぽい。

「まだ授業中の時間だし、それまでは暇そうね」

「……だな」

昼休みまで後10分、それまでは流れるセピア色の風景をただ見ているしかなさそうだ。

しかしその時、中庭の死角になる植木が密集する地帯からガサガサと物音がした。

俺も天音も突然の物音に警戒心を強める。

視線を投げると植木の動きが一度止まったが、少ししたら再び激しく動き始める。

それが風とか自然現象じゃない事は明らかだった。

『誰かがそこにいる……』

この時間はまだ授業中、今は校庭で体育に勤《いそ》しむ生徒たちもいないので中庭に誰かが偶然入り込むって事は無い、明確な意思が無ければ！

ボールが天音に飛んできた日の同じ場所での現象、関連性を疑わない方がおかしい。

何か理由を付けて先回りしていた者がいたって事か？

授業を抜け出して、天音がここを通りかかるのを虎視《こし》眈々《たんたん》と待っていたと？

俺と天音は息を呑《の》み……未《いま》だにガサガサと動く植木の向こうへと視線を向けた。

そして俺たちは騒音を出す犯人の姿に…………驚愕《きようがく》する事になった!!

『い、いけません吉沢《よしざわ》先生……ここは学校ですよ……』

『うふふ……大丈夫です名倉《なくら》先生、今はまだ授業中。ここは校内だけど、今の時間は違うって気がしません？』

『そ、それは……ですけど……』

「……………………」

俺たちは妙に自然な動きで、妙に冷静な感じでスッと視線を逸《そ》らした。

「…………あれって真面目一辺倒の古典の名倉先生よね？　温厚が服着た感じの」

「…………向こうは堅物代表の英語教師吉沢じゃないか？　この前宿題忘れた工藤《くどう》がこの世の終わりってくらいに説教されてたのに」

そんな教師の中でも真面目という言葉がしっくりくる二人が……。

「そういえば……あの日昼休みに私、吉沢先生の頭に葉っぱがくっついているのを見て教えてあげたら物凄《ものすご》く慌てて払っていたわね……」

天音の激しく動揺した、ちょっと恥ずかしがっている物言いに俺は少し躊躇《ちゅうちょ》するのだけれど、どうしても聞いておきたい事が出来た。

「なあ天音？」

「……なに？」

「あれって完全に吉沢優勢だよな？　温厚な古典教師が普段は堅物なのに実は激しい英語教師に食べられちゃっているシーンって事だよな？」

「知らないわよ!!」

Real side

そして肝心な天音に飛んでくるボールを投げた犯人探しだが……見事に失敗した。

いや……断っておくが過去夢で教師同士のアレなシーンに見入って肝心な場面を見逃した、とかそういう事じゃない。

実際あの二人は昼休みのチャイムと同時に何もなかったようにその場を離れたし……。

今後あの二人の教師を真面目な堅物として見る事は出来そうにないけどな。

失敗した理由は単純、目標にしていた場面に至る前に昼休みが終わる時間に差し掛かってしまい、授業に遅れる事を心配した教師によって起こされたからだ。

「ちょっと、起きなさい君たち……お昼休み終わるわよ？」

「……う？」

「ふわ？」

目を覚ました俺たちが見たのは、少し呆《あき》れたように見下ろす女性教師、吉沢教諭。

彼女はパリッとしたスーツにピシッとした眼鏡《めがね》で立っていた。

「君たち……仲が良いのは良いけど、校内では少し控えなさい？」

「…………え？」

その言葉が何を指しているのかよく分からなかった俺だが、右腕に感じる重量感で何を言われているのか理解した。

俺は『夢の本』で挟んだ左手の反対側、右腕を使って腕枕していたのだ。

勿論《もちろん》相手は一人しかいないワケで……。

目をこすりつつ眠そうにこっちを見る至近距離の天音の横顔……ヤバイ……カワイイ。

「…………って!?　なんで⁇」

「あ、あれ？　もうお昼休み終わり？」

「今時不純異性交遊とまで言う気は無いけど、校内の風紀は気にした方が良いわよ？」

唐突な状況に慌てふためく俺と、未だに眠そうにしている天音をしり目に吉沢先生はそう言い残して颯爽《さっそう》と歩み去っていく。

……何だろう、この言っている事は分かるけど納得のいかない感じは。

「お前が言うな………」

歩み去る吉沢先生の背中に向けて、俺はそう呟《つぶや》くのを我慢できなかった。

＊

それから午後の授業を俺は表面上何事もなく過ごした。

そう、表面上……実際には午後からの授業は内容どころか何の教科の、どの教師が来たのかすら全く覚えていない。

理由は……今もって俺の右腕に残る余韻、天音を腕枕していた事が原因だった。

そりゃ俺たちは疎遠の期間があったとは言え幼馴染《おさななじみ》……普通の男女よりは近しい関係、一旦仲が修復できれば昔のように仲良くなれる自信が無かったとは言わない……が……。

それでもいきなり腕枕をしているとか……そんなにアイツって無防備だったたっけ⁉

そうだとすると『無防備系の女の子』という感じで色々心配になってしまうのだが。

しかし、友人でも選別している辺り誰にでも無防備って事も無いし……友人関係でもあの密着を許されるのは神楽さんと神威さんの二人くらいのもの……。

つまり俺はその二人並みに信頼をされて……？

いやいや、それもおかしいだろ⁉　俺は先日まで調子に乗って夢の中とは言え天音にイロイロな事をしてしまった、ある意味一番の危険人物のはずだ‼

腕枕も含めて俺の妄想なんじゃ……ああでもまだ右腕から余韻と残り香が………。

「何をさっきから難しい顔をしてるのよ？」

「う、うえ!?　あ、あれ？　授業は⁇」

「もうとっくに……っていうか終わってから一時間は経《た》ってるわよ？」

「うそ……」

ウソでは無かった。時計を見るとすでに午後の4時に差し掛かろうとしている時間。

どうやら俺が色々ウダウダ悶々《もんもん》と考えているうちに大分時間が経っていたようだ。

「ほら、そろそろ校舎の人も少なくなってきたし、次の現場検証に行きましょう」

そこまで言われて俺は放課後の予定を思い出し、正面玄関へと向かったのだが……。

「さ〜ってと……じゃあここでどうやって過去夢を見れば良いのか……」

「どうやっても不自然になるよね」

正面階段に辿《たど》り着いた俺たちは変な事で頭を捻《ひね》っていた。

当たり前だが階段という物は寝る為《ため》に作られた物ではなく、どうやっても『寝る』という行為を行うには非常に向かない場所だ。

「天音が階段から押された瞬間を見る事が出来れば良いんだが……う〜ん」

「段に横になる？」

「やめてくれ……学校の怪談になっちまう」

都市伝説の、行きと帰りで段数が違うとかのヤツならまだしも、下手に誰かに見つかったら階段下でスカートを覗《のぞ》き見る勇者としての十字架を背負ってしまう事になる。それは御免だ。

「階段自体に腰を下ろして眠るのが一番無難かな？」

俺が実際に腰を下ろして考える人のポーズで言うが、天音は「う～ん」と首を捻った。

「でも夢次君、私が階段から転落した時の時間って、正確に覚えてる？」

「うん？　いや……正確な時間となると……多分だが4時から5時の間くらいか？」

あの日の俺は『校内に夕日が差し込む時間帯』としか思っていなかったから……。

「うん、私もそのくらいかな～って思うけどさ……こんなところで一時間も座って寝てられるかな？　さすがにそんなに階段で寝てたら誰かに見られそうじゃない？」

「う……」

それは確かに……放課後とはいえ正面階段、人通りの多い通路なのは間違いないのだから……生徒だけじゃなく教師にでも見つかったら声を掛けられるだろう。

「う～む、変なところに気を使わないといけないアイテムだな『夢の本《コイツ》』は……」

この本が無ければそもそもこんな警戒をする事も無かっただろうけど、無かったら天音の身に何が起こるか分からなかったのだから……文句を言っていいのか微妙な気分だ。

「そうだ、だったら立ったまま寝れば良いのよ！」

「立ったままだと？」

良い事を思いついたとばかりに天音がそう言うけど、俺はそのアイディアを良いとはとても思えない……立ったままなど座っているよりも不自然極まりないじゃないか。

しかし乗り気じゃない俺に反して天音は得意げに言い放った。

「こんな場所で不自然を隠してもダメよ。逆に不自然極まりないけど邪魔され難《にく》い方法で寝れば良いって事ね！」

「………へ？」

それから俺は天音の突拍子もないアイディアに流され〝その体勢〟に導かれて行く。

「うん、そんな感じで壁に手をついて……」

「えっと……天音さん？　マジでですか？」

「ん？　ダメかな？」

あっけらかんと、何の気負いもなくそう言う彼女に俺の方が動揺してしまう。

立ったまま寝ても不自然にならないように、むしろ不自然さを強調する事で覆い隠す

……その発想は良いとして………だからって今時壁ドン《コレ》は無いだろ!?

確かに寝ている事に注目されないし、尚且《なおか》つ声を掛けづらい状況だけど⁉

心の中で突っ込みつつ、乗せられるがままに天音に壁ドンの体勢になっている時点で反論が白々しい自覚はあるけど……。

まさか俺の人生で女性に対して壁ドン《コレ》をする機会が訪れるなんて夢にも思っていなかったから……実際にやってみると物凄《ものすご》くハードルが高い行為だってのは分かる。

壁に手をつく状態……当たり前だけど天音の顔が正面の至近距離にあって、更に吐息がナチュラルに感じられ、その気にさえなれば……見ているだけで魅了されそうな唇を奪えてしまいそうな至近距離に俺の自我は崩壊寸前で……。

「こ、このまま眠りにつくのは難しいかも………」

俺は正面から見るとおかしな気分になるから、何とか視線を逸らして声を絞り出した。

この体勢ではいくら『夢の本』とはいえ眠りにつけるような気がしないからな。

「ん～？　いいアイディアだと思うんだけどな～～～。じゃあハリウッド映画のお家芸、逃走中の男女が追っ手をかわすために抱き合って……」

「いやあ、さすがは天音！　これなら誰もが気を利かせて避けて通るから問題ないな！」

っていうか今この状況でそういう事を言わないでくれるか⁉　マジで抱きしめたりキスしちゃったり、やろうと思えば出来そうな……という煩悩を必死で抑えてる今現在に！

猛烈に意識しちゃうでしょうが!!

しかし俺が複雑な表情をしていると、天音はいたずらっぽくペロリと舌を出した。

まさかこやつ……確信犯なのか？

Dream side

『寝られるもんだな～……』

絶対眠れないと思いきや、周囲がセピア色になっている事で『過去夢』に自分が入った事は認識できる……微妙に眠れた事に納得がいかないが。

しかし、この過去夢ってやつは使いどころが難しい……今現在があの日の事件のあった同じ時間なのか、ただでさえ曖昧なのに現場に時計が無いと時間すら分からないんだから。

……そんな事を考えていると、数名の男女が会話している声が廊下から聞こえてくる。

「あ～ムカツク……折角《せっかく》俺が誘ってやったのに断るか普通!?」

不機嫌さを隠そうともせず周囲に不満を垂らすのは、チャラ男こと月島弓一《つきしまきゅういち》だった。

しばらくすると3対3の同じ系統なチャラい格好の男女が揃《そろ》って階段に姿を現した。

「クソ、俺が付き合ってやるってのに……」

「あん？　そういや落とせたのか？」

お仲間の言葉にチャラ男は露骨に眉を顰《ひそ》めて舌打ちをする。

「もう隣のクラスでも噂《うわさ》してるくらいだから、もう付き合ってるって事でいいだろ？」

この日のコイツは確かに天音を放課後誘って断られていた。

どうやらその事が不満なんだろうが……コイツの思考基準が俺には理解不能だ。

俺が言ってやってるから、周りもすでに噂してるから付き合って当然と……本人の了承無しにそう思えるとは、中々愉快な精神構造をしているらしい。

更には傍《かたわ》らに明らかに付き合っている風の女子を侍《はべ》らせている上で、次の女と付き合うだのなんだの言っているのだから……ハッキリ言って意味不明だ。

「ま〜いいじゃん、あんな女なんて……今日は私がいるし」

この男の何が良いのかは俺にはさっぱり分からないが、彼女がヤツに腕を絡める。

だがヤツは不機嫌全開で腕を振り払った。

「あ!? お前何言ってんの？ 今日俺はアイツと過ごすって決めてたんだからアイツがいねーと意味なんて無いんだよ。お前なに本カノ気取って調子こいてんだ!?」

「………………そんな、つもりは」

『うわ………………』

何という自己中で思い上がりも甚だしいセリフ……あまりに腐った根性にコイツは死んだ方が良いんじゃないかと殺意が湧いてくるな。

ショックを受ける彼女（？）を他所《よそ》に、今の発言には男友達すら若干引いているし。

「っち！　そろそろ俺に逆らってるとどうなるのか、教えてやる必要があるかもな」

苛立《いらだ》たしい態度を崩さずに男どもはそのまま階段を下りて校舎から出て行った。

今の発言……どう考えても天音に対する悪意だよな。

って事は天音を予知夢で殺害していたのはあの男なんだろうか？

あんな自己中全開の勘違い男、今後も天音にちょっかいを掛けて振られた挙句、ナイフを持ち出して付き合いを強要して……なんて展開は十分にあり得るだろう。

それからしばらくは誰も階段を通らなかった。

夕方の下校時間を過ぎた校舎なんてこんなものだろうけど……。

しかし時間を持て余す俺の前、階段を突如慌てた様子の生徒が駆け上がって行った。

天音だ！　慌てた様子で教室に走っているのは忘れたスマホを取りに来たからだ。

だとするとこの後………数分で天音はホッとした様子でこっちに戻って来た。

友人たちが待っている校門まで戻ろうと階段を降りようとして……俺は目撃した。

階段を踏み外して宙に浮かぶ天音、慌てて階段下に全力疾走する自分の姿。

そして階段上からすれ違いざまに、明確な意思を持って天音の背中を押した人物を。

「…………え？」

俺は思わず間の抜けた声を漏らしてしまう……その人物は………。

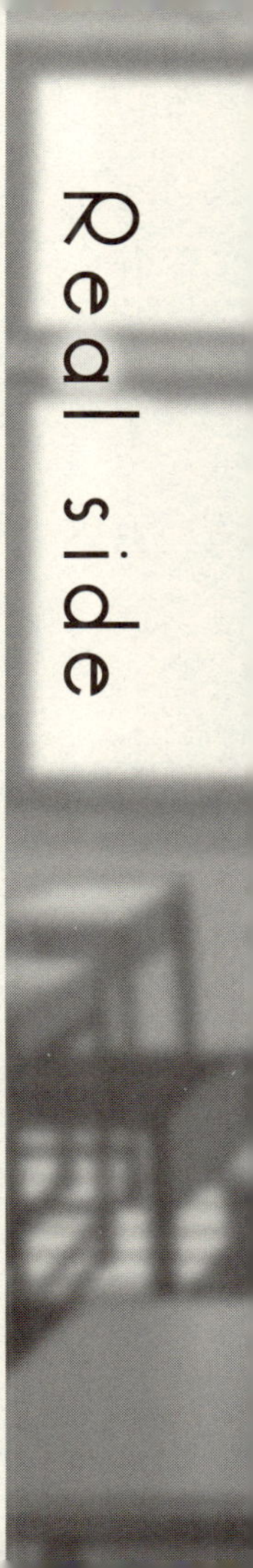

Real side

「…………君たち、そろそろ下校した方が良いんじゃないかい？」

今回は一時間近く眠っていたと思うが、俺は穏やかそうな男性の声で目を覚ました。

目を開けると夕方は過ぎて若干暗くなりかけている。

階段下から心配そうに古典の名倉先生が俺たちを見上げていた。

「あ、名倉先生……」

「というか天地《あまち》君？　君は女子に対して何をしているのかな？」

それは普段温厚な名倉先生の言葉とは思えない程厳しさを孕《はら》んだ言葉。

それで今現在の自分が結構ヤバイ体勢でいる事に気が付いた。

いわゆる壁ドンは一時からイケメン男子にされたい代名詞みたいに言われているけど、それ以外の、というか女子に気が無いのにこんな事をすれば単なる恫喝《どうかつ》にしかならない。

「あ、いや……コレは……」

「天地君……女性に対して威圧的な行動は感心しないのだけど……」

しかし俺が何か言い訳をしようと振り返ると、天音が名倉先生に話し始めた。

「先生……ごめんなさい、ちょっと夢次君とふざけてただけなんですよ。ちょっとドラマみたいにやってくれない？　って……」

「え？　そうなの？」

てっきり〝やられている側〟と思っていた天音のフォローに名倉先生はキョトンとしてこっちを見てきたから、頷《うなず》いて見せると途端に安心したいつもの温厚な表情に戻った。

「そうか～君たちはそういう仲だったのか～。これは逆に邪魔して悪かったかな？」

「いや、そんな事……下校時間とっくに過ぎてるのは確かですし……」

ちょっとバツが悪そうに笑う名倉先生だが、むしろこっちが申し訳なくなってくる。

彼としては万が一の生徒間のトラブルを考えて仲裁に入ったのだからな……。

「そういえば君たちは昔馴《な》染《じ》みの関係だったか？　いいね～青春だ」

「ハハ……そんな感じです」

「ちょっと……おふざけが過ぎました……」

外野からそんな事を言われると途端に恥ずかしさが増して来る。

「時に男には強引さも必要だって言うけどね、だからってそれだけの男にもなってほしくは無いからね～先生としては……」

「それはごもっともですね」

強引さだけ強調したような男を、過去夢で見たばかりだから言葉の重さはよく分かる。

「なんて偉そうな事言ってるけど、逆に僕は強引さに欠けて押しに弱い方だから……」

「「それは分かります」」

俺たちは思わずハモってしまう……流されたからって校内はマズイっすよ先生方……。


翌々日の朝、全国ニュースで女性のアナウンサーがある殺人事件を淡々と読み上げた。

「死亡したのは高校2年の天地夢次さん16歳、昨日の夕方下校中に暴漢に襲われた同じ高校に通う女子生徒を庇《かば》って刃物による刺し傷を背中に受けたのが直接の死因と見られています。犯人とみられる人物は同じ高校の…………」

7章 閉ざされた未来

それはとある愚かでしかない者の歩んだどうしようもなく愚かな人生の物語。

その『愚者』は高校2年の時、殺人を犯したのだ。

『愚者』の犠牲になったのは実際に殺そうとした本人ではなく、その幼馴染《おさななじみ》の男だった。

当時この事件は全国ニュースとなり、事件の悲惨さに加えて幼馴染を守り切った男子生徒はその尊い行為を称《たた》えられて日本中から英雄視されるようになった。

そして自分が殺そうとしていた人物『神崎天音《かんざきあまね》』が自分に対して言ったという言葉に込められた怨嗟《えんさ》と憎悪の感情も理解していなかった……救いようも無く愚かであったから。


「死に逃げる事は、決して許さない」


血を流さんばかりの顔で言ったというその言葉の意味を『愚者』はその後の人生を通じて全身で味わう事になるのだった。

まず未成年だった『愚者』が少年院を出た時……今まで友人と思っていた人も、恋人と思っていた人も、自分の存在を最初から知らないものとして無かった事にした。

そして犯した罪は『愚者』にとっては予想外に、世間的には当たり前に家族へも及ぶ。

殺人犯の家族であるという事で父と兄は勤め先を解雇され、妹は学校だろうが校外だろうが罵倒に晒《さら》され責められて家から出られなくなり学校を中退せざるを得なくなった。

更に名前を変える為《ため》に両親は離婚、結婚間近だった兄も破談になってしまったのだ。

『愚者』の家族は円満で、両親は万年新婚と言われる程仲が良く、兄の婚約者も非常に良い人で、妹も凄《すご》く懐いていたのに……。

自分の愚かな行いが、その全てをバラバラに、台無しにしてしまった。

そこに至って『愚者』はようやく自分の犯した罪の大きさ、重さを理解する……自分が人の命を奪ってしまったのは取返しの付かない事なのだと。

自分の犯した罪は決して許されず、自分のせいで自分以外の人たちが不幸になって行くのを見続けるという地獄を生きていかなくてはいけないんだと……。

「死にたい…………」

自分の罪の重さ、愚かさをようやく理解した『愚者』は後悔と自責の念に押しつぶされそうになりながら、毎日そんな事を呟《つぶや》き、あの言葉の意味を理解したのだった。

『死に逃げる事は許さない』

それは最愛の人を奪われた女性からの最大の憎悪を込められた呪いの言葉だった。

幾ら生きる事が地獄でも死ぬ事は絶対に許さない……。

その言葉が見えない鎖となって『愚者』は自殺という選択肢を選ぶ事が出来なかった。


そして数年後、『愚者』は海外の紛争地帯に医師として入るようになる。

無論それは善行を積むという名目ではなく、自分で死ぬ事が許されないのならそのような危険地帯であったら自分を死なせてくれるのではないか？　という……命がけで善行を積んでいる人たちを冒瀆《ぼうとく》するような、いかにも『愚者』の愚かな考えに基づいてだ。

しかし紛争地帯で毎日怪我人《けがにん》が送られてくる状況に『愚者』も実践で腕を上げて行く事になり、数年の年月、実践の中で知識と技術を磨く事になった『愚者』は次第に幾人もの命を救う事になった。いつしか貧しい村では感謝を込めて『愚者』のことを『東の聖人』と称《たた》え始めたのだ。

しかし……『愚者』はそう呼ばれ始めると、忽然《こつぜん》とその地から姿を消した。

そして、違う貧困にあえぐ村に出没しては医療行為の真似事《まねごと》をして幾らか人々を救った後に、感謝され始めると姿を消してしまう……そんな事を繰り返すようになった。

「やめてくれ！　自分は聖人などではない!!」

感謝の言葉を口にする人々に『愚者』は泣きそうな顔でいつもそう言ったという。

そして『愚者』が殺人を犯した日から50年の歳月が流れ……相当に歳《とし》を重ね、皺《しわ》が目立ち始めた頃になっても『愚者』は紛争地帯を渡り歩き、変わらずに医療行為をしていた。

しかしその日訪れた村で病気の子供たちを治療中、武装した男たちが診療室へと雪崩《なだ》れ込み銃を乱射したのだった。

それは民族間の諍《いさか》いで見せしめに子供たちを殺そうとしていたらしいのだが、銃弾は一つも子供たちには当たらず、全て『愚者』の体へと吸い込まれて行ったのだった。

その後支援に駆け付けた味方によって敵は一掃されたが、子供たちを守った『愚者』自身はすでに虫の息であった。

しかし、全身から火が出るような痛みを感じているはずなのに、それでも『愚者』は笑みを湛《たた》えたまま静かに呟いていた。

「もう……逃げても……いいですか？」

消え入りそうな声で、『愚者』は最後に誰かに許しを請う……。

Real side

「……は!?」

『彼女』は目を覚ますと、思わず声を上げてしまった。

そこは戦場でもなければ少年院でもない……教室の机だった。

静かだった教室に突然聞こえた奇声にクラスメイトたちの好奇の視線が刺さってくる。

「どうした〜新藤《しんどう》、質問か〜?」

「え!? あ……いえ……何も……」

「そうか〜、じゃあ睡眠学習も程々にな〜」

教師の冗談にクラスメイトたちが笑う中、『彼女』は噴き出す冷や汗に身震いしていた。

『ゆ、夢? 今の50年くらいの人生が居眠りしていた夢だったたって言うの!?』

犯罪を犯した自分だけでなくあらゆる人たちを不幸にし、後悔と懺悔《ざんげ》、贖罪《しょくざい》と死に場所を探し彷徨《さまよ》った50年……それが全て夢だったという事が『彼女』は信じられなかった。

しかし……そっと自分のカバンをのぞき込んでみると、先日購入した真新しい〝未使用の〟サバイバルナイフがチラリと見え、彼女はより一層血の気が引いた。

『!?　私……一体何をしようとしていたの!?』

今朝までは燃え盛っていたはずの、嫉妬にかられた身勝手な熱は既に無い。

それどころか『彼女』は自分が犯そうとしていた罪の重さに身震いを禁じえなかった。

何故《なぜ》そうすれば彼氏が喜んでくれると思っていたのか……自分の愚かさに戦慄する。

彼氏の存在は『彼女』の全て、彼が言う事は全て正しく、望むように行動して気に入られて自分が彼女というポジションをキープする事に終始していた。

……だから、彼の思い通りにならない『神崎天音』を邪魔だと思った。

『俺に逆らってるとどうなるのか、教えてやる必要があるかもな』と彼が言った時、それは自分に与えられた役目だと勝手に解釈したのだ。

そうすれば……彼は褒めてくれる……私の事を唯一の存在として認めてくれる……と。

『そんなワケ無いじゃない!!』

しかし今見た50年の地獄の夢は『彼女』を完全に冷静にしていた。

自分が何をしようとしていたのか……何を失おうと、失わせようとしていたのか。

……あと、冷静になってみると多少顔が良いだけの傍若無人な男の、一体何が良かったのかすら分からなくなっていた。

『本当に愚か……よね。私はアレの為に何をしようとしていたのかしら……』

……彼女は昼休みに隣のクラスに赴き、生きている『天地夢次《あまちゆめじ》』と『神崎天音』が仲良く談笑をする姿を見て……心の底からホッとした。

『夢で……良かった………明日あの娘《こ》に謝らなくちゃ……』

そんな事を思った彼女は放課後、ゴミ捨て場に未使用のサバイバルナイフを捨てた。

この日、『彼女』は『愚者』になる道を自ら捨て去ったのだった。

「………医者って、今からでも目指せるのかな？」

＊

「ま、このくらいで大丈夫だろ……」

俺がそう呟くと、今まで魔法陣に書かれていた『新藤香織《かおり》』の名前が消えて行った。

『未来夢』　対象に『起こりうる並行世界』を見せる夢。

前任者は主に『後悔を先にさせる』目的で使用していた。

天音を突き飛ばした張本人である『新藤香織』に今後の犯行をやめさせようとして、この『未来夢』を利用してみたのだが……これは中々にエグイ夢だった。

俺を殺した事で起こったかもしれない50年の地獄の日々、共有夢の応用で覗《のぞ》き見てみたのだが確かにアレは〝恋は盲目〟なんぞ吹っ飛ばしてしまう強烈な目覚ましだった。

「そうなんだ……新藤さんが……」

放課後、２階廊下からゴミ捨て場を一緒に眺める天音は自分に悪意を持っていたのが彼女だという事に、随分と複雑そうな顔をしている。

天音には俺が見た『天地夢次が死亡する予知夢』については教えていない。

……何となくだが教えたらダメな気がしたから。

「どうする？　実際に階段から押されて危害を加えられたんだ。法的に訴えるか？　それともコレを使って更に追い込むか？」

俺が冗談めかして『夢の本』を見せると、天音は予想通りに首を横に振った。

「いいよそんなの……今私は五体満足なワケだしね」

「……そうか」

「それに…………ある意味切っ掛けをくれたのは彼女だったワケだから……」

「何が？」

「な〜んでもない」

8章 夢という恐怖と夢からのアドバイス

惰眠を貪る……休日における実に贅沢《ぜいたく》で正しい過ごし方の一つではないか。

土曜日の午前中、太陽はとっくの昔に昇り切っているというのに、俺は未《いま》だにベッドの中で終生の友とばかりに布団と共に人生を謳歌《おうか》していた。

このまどろんだ時間がたまらない……ずっと続けば良いとすら思ってしまう。

ちょ～っと昨日見た夢が過激だったというのも原因にあるけれど。

最近毎晩の恒例行事、明晰夢《めいせきむ》のリクエストは『銃で敵を倒すヤツ』という天音《あまね》のザックリとした意見で某ガンシューティングゲームになっていた。

まあ最近のガンシューティングはセットでゾンビが付き物になっていて、御多分に漏れず昨日選ばれたのは世界一有名なゾンビゲームのアレになった。

夢というジャンルで考えると『何か得体のしれないモノに追いかけられる』のはストレスの象徴、追い詰められている心象風景などと言われるが……そのゾンビがほとんど『ヤツ』の顔をしていたのは……偶然だったのだろうか？

昨日の夢

ガガガガガ……………ドドドドドド…………バンバンバンバンバン……

『オラオラオラ！　アンタの自分語りは面白くないってんだよ!!　アタシらのトークに入ってくんじゃないわよ!!!』

『いい気になって見下してやがるけどなあ……誰もテメエを羨んでねーんだよ!!　面倒だから関わりたくねーだけなんだってんだよタコ助!!!』

『『『ア、アアアアア…………』』』

うん、偶然だな！　一掃されたゾンビの群れの中心で俺たちは凄《すご》く良い笑顔で重火器を片手に良い汗をかいていただけだもの。

色々とあったから『現在一番ブチ殺したいヤツ』をデストロイ出来る状況を楽しんでストレス解消しているってワケではないよな！

ただ……ちょっとだけ弊害も起こっていた。

それは夢だというのにちょっとリアルな問題で……弾切れだった。

強力な武器が手に入った途端、二人とも一度撃ってみたい衝動に駆られて無駄にチャラ男ゾンビにテンション爆上げでぶっ放してしまったのだ。

特にショットガンとグレネードランチャーの消費は激しく、一度に一掃されるゾンビに悦に入っていたら……気が付いたらボス戦の前に使用不能に陥っていた。

実際のゲームでもよくありそうな状況だけど。

「普通あんな状況に陥った奴《やつ》は真っ先に殺されるだろうな～」

「ゾンビ映画だったら一番最初に食われる銃持っていい気になってるお調子者枠よね」

俺がベッドから体を起こして呟《つぶや》くと、天音からも苦笑交じりの同意が返ってくる。

「強力な武器が手に入ったら『一回だけ‼』ってゾンビに向かってぶっ放すから……」

「あ～君だって『俺にもやらせろ！』ってノリノリでグレネードぶっ放してたじゃん。貴重な火炎弾まで使い切っちゃうし……」

うん不毛だ……この会話は止《や》めよう。

結果、夢の後半戦はガンシューティングではなく『無双系』になってしまっていた。

地形や鉄骨を利用して鉄棒を振り回し、更に有り合わせの道具や材料を使ってトラップを作成して、何であるのか分からない溶鉱炉に敵を叩《たた》き落としたり……。

「あはは、あれじゃバ○オじゃなくデ○ドラ○ジ○グだよね」

「罠《わな》も駆使してラスボスを倒したから、蒼○灯か悪○官も………」

そこまで自然に話していて、俺はようやく初めに気が付くべきだった事に気が付いた。

「……え？　何で天音が俺の部屋にいるの？」

ここは俺の部屋で俺はまだ寝ていた。

普通だったら彼女がこの部屋にいるのは不自然な事件なのだけれど……。

しかし彼女は悪びれた様子もなく部屋の窓枠に腰掛けて足をプラプラしている。

子供っぽい仕草がちょっと可愛《かわい》い。

「おはよう……ってもうお昼だけどね。２階だからって窓に鍵かけないと不用心だよ～」

……つまり天音はまたしても屋根伝いに俺の部屋に侵入を果たしたらしいな。

しかし勝手に入られた事について怒るべきかもしれないけど、天音が気安く、幼少期のあの頃のように俺に会いに来てくれたって考えると嬉《うれ》しくもあり……文句も言いづらい。

「……ってか、どうかしたのか？　こんな朝早く……は無いけど、昨日の夢の反省会？」

俺がそう言うと、天音は苦笑交じりに首を振った。

「ちょっと相談……じゃないね。報告があってね……」

「ん？」

「さっきなんだけど、新藤《しんどう》さんがご両親と一緒に家に来たの。この前の階段の件で……」

「…………え？」

俺が惰眠を楽しんでいる頃、神崎《かんざき》家では意外すぎる来客を迎えていたらしい。

掻《か》い摘《つま》んで言うと、新藤さんは嫉妬と思い込みから先日天音を階段から突き落とした事実を自白した後に丁重に謝罪する為《ため》に来たとの事。しかも驚いた事に両親同伴で。

「ユルフワだった茶髪がバッサリ切られて、黒く染め直してたから私も最初〝ダレ!?〟って思っちゃった」

「すげえな……それ……」

一気に目が覚める……それくらい衝撃だった。

親に自分の犯した罪を話すって事は、常識的な親だとしたら刑罰を受ける事すら覚悟しての行動。

慰謝料どころか学校の退学すら覚悟の上じゃなきゃ中々出来る事じゃない……つまり。

「真剣に、マジに反省して、正式な謝罪をして来たって事か……」

「ご両親共々土下座されちゃって……私的にはもうそれ程気にして無かったんだけど、あそこまでされちゃうと……ね」

余りに真摯な姿勢、そして訴訟を起こして頂いても構わないとの話に、事件自体を今日初めて聞いた天音の両親は怒るどころか「反省されているようですので謝罪は受け取りました。幸い娘に怪我《けが》は無かったようですから」と示談を勧めたとの事。

「……そんなワケでさ夢次《ゆめじ》君。これから私とどっか出掛けない？」

「…………は？」

脈絡なく天音が笑顔でそんな事を言ったので、俺は間の抜けた声しか返せなかった。

出掛ける？　天音と？　休日に女の子と出掛ける⁇　それって……それって所謂《いわゆる》。

俺の混乱を他所《よそ》に天音は「ん～」と伸びをし始めた。

「な～んか、折角《せっかく》の休日なのに、しょっぱなに堅苦しい儀式になっちゃったから、少し気を緩めたいのよね～」

「儀式って……」

言いたい事は分かるけど……。

俺が戸惑っている間に天音は「じゃあまた後でね」とだけ言い残して、再び窓から屋根伝いに自分の部屋へと戻って行った。

休日に女の子とお出かけって……世間ではデートって言うヤツじゃ……？

＊

人生で初のデート（自称）とはいえ、朝飯も食わずに昼まで眠りこけていた俺だったので流石《さすが》に腹が減っていた。

なので、天音とのお出かけで真っ先に訪れたのはスズ姉の家、喫茶店になった。

個人的にはいつも通りの場所だが、天音と一緒に行くのはまだ二回目なんだよな〜。

「お、いらっしゃい二人とも」

「お〜来たかご両人！」

店に入ると店内はそこそこの人の入りで、相変わらずエプロンにジーンズのスズ姉と、厨房《ちゅうぼう》で腕を振るっているおじさんがニカッと笑顔で出迎えてくれた。

若干からかいの空気を感じないでもないけど、その辺は見なかった事にして……だ。

「席空いてるかな？」

「ん〜そうね……テーブル席はもう無いし、カウンターも並びで二つは無いんだよな〜」

質問にスズ姉はお盆片手に店内を見渡した。

確かに土曜日のそこそこの客入りの店内では、俺たちが同席するには中途半端だった。

だからって、わざわざカウンターのお客さんに詰めてもらうのも気が引けるし……。

そんな事を考えていると、スズ姉が代案を提示してきた。

「そうだ、家《うち》に上がりなよ。君らなら問題ないし……いいよね父ちゃん」

「おう、構わん上がれ上がれ。なんか久しぶりだな」

そしてサムズアップまでするスズ姉に促されるままに俺たちは喫茶店の奥、店と繋《つな》がっているスズ姉の自宅居間へと上がり込んだ。

それは客の扱いとしては違うが、俺たちにとっては凄く懐かしい気分にさせてくれる。

俺たちがガキの頃はこうして店から自宅へと上げられて、スズ姉が〝私が淹《い》れた〟と称した市販のコーヒー牛乳を持ってきてくれる『喫茶店ごっこ』をしていたものだ。

「何だか懐かしいね。店からスズ姉の家に上がるのって」

天音も同じ事を考えていたらしい。数年ぶりに通された居間は多少物の配置が変わっていたものの特別大きな変化は無く……なんともノスタルジーな気分に浸らせてくれる。

「あ！　このペナントまだあったんだ」

「こっちの妙な置物は初めて見るな。おじさん、相変わらず変な物買うんだな……」

店長、スズ姉のお父さんは旅行中に店で売っている『誰が買うんだこんなの？』という土産物を買ってしまうという悪癖があったけど……どうやらそれは健在らしい。

「見た通り……前は注意してたけどね、もう私も母ちゃんも諦めた……5匹目の信楽焼《しがらきやき》の狸《たぬき》が増えた辺りで」

「「5匹!?」」

溜息《ためいき》交じりのスズ姉の愚痴に驚きつつ居間の座布団に腰を下ろす俺たちの前、ちゃぶ台にスズ姉はコーヒーを置いてくれた。ちゃぶ台にコーヒー……ミスマッチだのう。

そして市販のコーヒー牛乳じゃなく、今目の前にあるのが本当に淹れてくれたコーヒーという事が何気に可笑《おか》しくなる。

変わるところは変わったという事だけど、コレは成長って事なんだよな……。

「ん……天音ちゃん、首の所に二つ痣《あざ》がない？」

朧《おぼろ》げに思い出に浸っていると、スズ姉は天音の首筋を見ながらそんな事を言い出した。

首筋に痣？　俺もつられて天音を振り返ると、天音は咄嗟《とっさ》に首筋を押さえていた。

……その配置は若干男子がのぞき込むには領海侵犯になりそうでもあり、俺は直視する事は諦めたが、どうやら本当に二つの痣があるみたいだな。

「あ〜うん……多分ちょっと階段で……ね」

俺に若干の目配《めくば》せをしながら天音はそんな事を言った。

つまり先日の階段転落の時、どこかにぶつけていたとか……そんな所なのだろうか？

あの時天音はどこにも負傷していないと思っていたけど、違ったみたいだな……不覚。

「んで、注文は？　昼飯まだなんだろ？」

「あ〜私は軽めで良いかな？」

「俺は朝飯も食ってないから、昼飯と合わせてガッツリといきたい!!」

普通の民家の居間で注文を受けるってのも中々シュールだが、俺の注文を聞いたスズ姉は半目で、明らかに呆《あき》れたような溜息を吐いた。

「お前ま〜た昼間まで寝てたのか？　休日だからってちゃんと起きろよな……ったく」

「面目ない……」

それについて反論の余地は無い……反省するつもりもないけれどな!!

「ヤレヤレ……ナポリタンでもいっとくか？」

「YES！　ここのナポリタンは絶品だからな！　大盛りでプリーズ!!」

俺がサムズアップで注文するとスズ姉は苦笑交じりに厨房へと戻って行った。

向こうの方から「ナポリタンてんこ盛り、後軽めにホットサンドね〜」と聞こえてくるスズ姉の声、昔と同じようで少し違う風景に俺たちは思わず顔を見合わせて笑ってしまう。

それからしばらく天音と話していると、夢の話になってしまうのは最近の俺たちにとっては仕方のない事、話は昨日の夢の話から次第に『夢の本』にシフトして行った。

「これで、本に載っていた初級編の項目『明晰夢《めいせきむ》』『予知夢』『過去夢』『未来夢』『共有夢』それに『悪夢』を使ったって事になるのかな？」

「悪夢って定義もあやふやだから……気分が悪い、後味が悪いって事なら『予知夢』も『未来夢』も気分よく無かったけど……」

どっちも結果を見れは悪い夢『悪夢』とは言い難《にく》いような……。

そんな事を考えつつ持っていた『夢の本』を何気なく開いてみて……気が付いた。

「……本の項目が……増えている？」

「え⁉　本当に？」

思わずちゃぶ台から身を乗り出す天音に向かって、俺は本を広げて見せた。

中級　①前世夢　②夢枕　③幽体離脱

「「うわあ………」」

新たなページが現れた事よりも、言葉の内容に俺も天音も思わず声が漏れてしまった。

「なんか……①はともかく別の項目にそこはかとない物騒さを感じるのは私だけ？」

「奇遇だな……俺もそう思うよ」

はっきり言って②③はググらなくても知っている。

ちょっとでも心霊話を聞いた事があれば一度は聞いた事があるんじゃなかろうか？

夢枕は、死者が夢の中に現れて話しかけてくる、あれだ。

お告げとか家族への遺言とか、心温まるエピソードもあれば、未練や恨み言を訥々《とつとつ》と語られる嫌な展開もあるヤツだよな。

幽体離脱は体から幽体のみを飛ばして幽霊のようになるってヤツだったと思う。

どちらも調子に乗ると体に戻れないとかで本当に死んでしまうとかイメージが……。

「とりあえずは②と③は保留にしようぜ……気分的に」

「そ、だね。なんか怖いもんね……」

俺たちはそう結論付けてから、今は①に注目する事にした。


『前世夢』前の生を夢で見る方法。

　前の生での知識や経験をある程度トレースする事が可能。


「これもちょっとオカルトっぽいけど、興味あるっちゃ～あるかな？」

「貴方《あなた》の前世は～って一時期流行《はや》ったよね～、占いとか？」

　天音もちょっとウキウキした感じで同意する。

「前世……私は何だったんだろう？　今が前世で出来なかった事が出来ているかも疑問だしね。夢次君だったら何が良い？」

「俺？　む～……戦国武将とか？」

漠然とした質問に、俺も漠然とした答えしか咄嗟には出てこない。

しかし天音は感心したように手を叩《たた》いた。

「おお～さすがは男の子！　天下目指すの？　それとも一騎当千でレッツパーリィ？」

「漫画の読みすぎ、いやゲームのやりすぎだっつーの。……天音の方はどうなんだ？

自分の前世だったら？」

俺がそう返すと、天音は眉を顰《ひそ》め腕を組んで唸《うな》り始めた。

「う～ん、そうね～お姫様は宮廷闘争が大変そうだし、そこそこのお金持ちなら……いや貴族とかは領地経営とか忙しそうだし、庶民は西洋東洋問わずに生活が……」

しばらくウンウン唸っていた天音だったが、突如ポンと手を打った。

「そうよ！　税金も無いし元手もかからないから……私は海賊になる……イタッ⁉」

「その辺にしとけ……」

俺は思わず天音に軽くチョップを繰り出してしまった。

冷静に考えたつもりかもしれないけど、そこに至った発想がかなりゲスすぎる……。

そんな風に話していると襖《ふすま》が開いて、大皿のナポリタンを抱えたスズ姉が現れた。

「うわ⁉　すげえ盛りだな……さすがに食いきれねぇよスズ姉……」

「あ～心配しなさんな、これは私の賄いも兼ねてんの」

そう言いつつ俺と天音にも皿とフォークを渡してくれ、自分もその場に座った。

あ、なるほど、スズ姉の昼飯と昼休みを兼ねて、ついでにサービスしてくれたと……。

俺が納得するとスズ姉は豪快にナポリタンの山を崩して自分の皿に盛って行く……。

む……これはマズイ！　多いかと思っていたけど三人で分けるとなると、コレはバトルの様相を帯びてくる……コレは……戦争か!!

「別に邪魔する気は無いけど、たまにはお姉ちゃんも混ぜてくれよ……ブラザー」

「別に……いいけど……ね」

「ちょっとスズ姉……取りすぎじゃない⁉」

先を争うような気分の三人に大盛りパスタの山が崩されて行く。

結局結構いい歳《とし》の三人が口の周りをケチャップでベタベタにしながらパスタをかっこむ……何とも優雅とは程遠い昼食となってしまった。

「ふ～ん……前世ねぇ～君らそういうの好きだったっけ？」

「いや、別に好きとかは無いんだけどな……」

「スズ姉だったらどう？　もしも前世があったら～とか考えた事ない？」

視線を皿に落としたまま、昼飯の方が大事とばかりにナポリタンを豪快に食いつつ興味無さそうに言うスズ姉に、天音は後からおじさんが持ってきてくれたホットサンドを頬張《ほお》りつつ聞く。

「ふん……分かんないね～そんなの。私は今の人生に思う事があるワケじゃないから……前の人生がどうこう言われてもピンとはこないかな」

「かる～く考えてみれば良いと思うけど？　ほら戦国武将とかさ……」

天音が俺を見つつ言うから、スズ姉も俺発だと気が付いたらしく、ニヤッと笑った。

「な～んだお前、前世戦国武将希望か？　ベタだね～男の子！」

「うるせ～な～……悪かったなベタな発想しか無くて」

「いいじゃん戦国武将！　レッツパーリィよ!!」

「引っ張んな!!　別に俺は無双したいワケじゃね～っての!!」

それからしばらく、二人に前世戦国武将ネタで散々いじられる羽目に陥った。

しかしひとしきり笑ったスズ姉は、空になった大皿を片付けつつポツリと呟《つぶや》いた。

「何にしても、私は戦いを生業にした事は嫌だね。こうして店の手伝いをしてお客さんの相手をして、たまに年下の友達と馬鹿話をする……私にはそれが一番性に合ってるから、前世がどうとか……想像も付かないよ」

何故《なぜ》かそう呟いたスズ姉の横顔は悲しげに見えた……口がケチャップで汚れてるけど。

＊

結局俺たちは〝喫茶店で軽く昼飯とコーヒーを〟なんて事にはならず、はち切れんばかりにガッツリとした昼食をとって、スズ姉の喫茶店を後にした。

「う～む満腹だぜ……さすがに食いすぎた」

「う～～～やってしまった……。明日の体重計が怖い……」

そう思うならホットサンドまでしっかり食わなきゃ良いのに……ワリと貧乏性なところも昔から変わってないようだ。

「さ～て、それじゃあ次は……どこに行こうか？」

「どこにって……」

天音の言葉に俺たちは大して計画性もなく外出している事に今更ながら気が付いた。

別に目的は無く、単に天音の気分転換って感じだったしな……。

そして遠出するにも、そんなに持ち合わせは無い……喫茶店ではあの量にしては相当にサービスしてもらってはいるものの、財布にはそれなりにしか残っていないのが現状だし。

「どこ行くにしても先立つものは余り無いですぜ旦那」

金無い宣言は男として若干情けないが、無い物は無い……悲しいけどコレが現実。

所詮学生の身分では限界があるのだよ。

しかし天音は気にした様子もなく朗らかに笑っていた。

「あはは、そんなの気にしない気にしない。学生＝お金がないのは基本じゃない？　だったらお金の掛からない事をすれば良いのよ」

「金の掛からない遊び？　そんなの……」

天音の言葉に俺はオタク知識以外には乏しい脳みそをフル回転させてみるけど、あまり建設的な意見は湧いてこない。

せいぜい家でゲームかゲーセンでゲーム……むおお、こんな貧相な発想しか無いのか？　そうで無ければ……ウインドウショッピングだの、図書館に行くだの……く、くく……ギャルゲーの選択肢しか浮かんで来ねぇ……。

「ちょっと、考えすぎだって夢次君。あんまり年相応な遊び場を考えるからいけないの
……こういう場合は」

「年相応な遊び場？」

天音が何を言いたいのかピンと来ない。

しかし間の抜けた顔をする俺に彼女は満面の笑みで言った。

「お金が無ければ金額だけじゃなく、私たちも下げれば良いの。主に精神年齢の方だけど」

「………は？」

発想の転換……と言って良いのだろうか、コレ？

それから俺たちは休日に、高校生の男女ではあり得ないようなルートを巡っていた。

例えば最初は公園に行って遊具で遊んで、落ちていたボールでキャッチボールをした。

「私のフォークを……打てるものなら打ってみよ！」

「打てるか！　キャッチボールだっての」

河川敷に行っては靴を脱いでバシャバシャ水を掛け合い、飽きたら水辺で水切り勝負。

「10、11、12、13……く、そんなはずは無い、もう一回よ！」

「フハハハ、まだまだ俺の20には程遠いな〜」

そして何年かぶりに行ってみた駄菓子屋で、ガキどもに交じって一つ十円相当の菓子をおまけ付きで購入と……まるっきり小学生のような一日を送っていた。

ただまあ……楽しくないかと言えばそんな事は無く……天音に乗せられた感はあるものの、俺も久しぶりに天音と過ごす休日を満喫していた。

駄菓子屋のバアちゃんが俺たちの事をしっかり覚えていたのには、ビックリしたけど。

「ほ、ほ、ほ、ガキの時にゃ一緒でも大抵でかくなりゃ離れ離れになっちまうもんなのに……お前らは変わらんなぁ～そうかいそうかい……」

何をもって〝そうかい〟なのか……実際には一度疎遠になってからの今日だから、バアちゃんの見解は間違ってはいないんだけどな。

そんなこんなで俺たちはまるで幼児期に戻ったみたいな休日を二人で過ごして……そしてさすがにここまで来れば天音が今日俺と一緒に回ったコースの意図も分かっていた。

ワザワザ精神年齢を落としたような、二人には共通していた遊び場を巡って……そして最後に辿《たど》り着く場所は〝あの頃の俺たち〟には決まっていた。

それは二人だけの秘密の場所だった……裏山の秘密基地。

予想通り、天音が最後に行きたいと言ったのはその場所だった。

「へぇ～、今になって来てみると……結構狭くて小さかったのね」

「俺たちがここに入り浸っていたの、何歳の時だと思ってんだよ……」

秘密基地、なんて当時の俺たちは勝手にそう言っていたけど、それは裏の山に投棄されていたスチール製の朽ちた物置だった。

一応光を入れる窓なんかもあって、俺たちはガキの頃ここを正義の秘密基地として遊び場にしていた……天音が突然来なくなった、あの日までは。

本当に何年振りかに見た秘密基地は当時よりも錆《さび》が広がっていてボロボロだったけど、内部はそれ程でもなく、あの当時は宝物と思っていたスーパーボールやらキラキラ光るシールやら……今となっては当時ほど価値を見出《みいだ》せなくなった品々が転がっていた。

「うわ懐かしい……この怪獣のソフビ、夏祭りで取ったヤツじゃない？」

「これって……無くしたと思ってた合体ロボット……ここに置いてたんだな」

多分当時の俺は〝大事な物は秘密基地が一番安全〟とか安易な考えで持って来たんだろうな〜。

これを発見して『プレミアは付くだろうか？』とか真っ先に考えてしまう俺は、なんと薄汚れてしまった事だろうか……。

「ねえ、夢次君？」

そんな事を考えていると、唐突に天音が何やら真面目な声色で俺を呼んだ。

「何？」

「君って……ここに来なくなったのって……いつからだった？」

「…………え〜っと」

問われて俺は一瞬言葉を詰まらせる。

それは他愛《たあい》もないガキの頃の遠い記憶、世間一般にもよくある話で済まされそうな……

でも、俺にとっては仲の良かった友達に嫌われたと思った苦い記憶。

「天音が……来なくなって以来……かな？」

「………そう」

それだけ言うと、天音はソフビを手にしたまま体育座りになって俯《うつむ》いた。

明らかに、落ち込んだ様子で……。

暗い顔で俯く天音を見ていると……何とも言えない罪悪感が湧いてくる。

「ゴメン……」

「……何で夢次君が謝るのよ。一方的に来なくなったのは私の方なのに……」

思わず謝る俺に言葉を返す天音……それはまるで〝あの夢〟と同じようなやり取り。

夢ではもっと口調がぶっきらぼうで、俺の事を呼び捨てにしていたくらいだったけど。

「……もしかして私がここに来なくなった理由、察しが付いてたりするかな？」

「あ〜う〜ん〝あの夢〟が参考になるかは分からないけど……からかわれたって……」

「……夢の、ってか〝魔導士の私〟がそう言ってたの？」

「あ〜〜〜、うん。もしかして間違って……」

「……ないよ。１００パーセント正解」

被《かぶ》せるようにそう言うと、天音はソフビで顔を隠しつつ溜息《ためいき》を吐《つ》いた。

「今日は男の子と一緒じゃないの？　って言われて、つい君の事を『夢ちゃん』って言っちゃって……それから〝夢ちゃんはいないの？〟とか〝結婚はいつ？〟とかからかわれてムキになっちゃって……気が付いたら……」

まさにベタな展開、世界中のどこかで必ず起こっていそうな幼少期の友達からの他愛ないからかい……それは前に夢で聞いた出来事そのままだった。

…………じゃあ、本当に〝あの夢〟は一体何だというのだろうか？

天音の心情を導き出すあたり、明晰夢《めいせきむ》と思っていたが予知夢の一つだったとでも言うのか？

「ゴメン……私が勝手に来なくなったってだけなのに……」

しかしさみしげな天音の言葉に、そんな事はどっちでもいい事に気が付く。

所詮夢は夢、参考には出来ても現実の自分に影響を与えるのはあくまでも自分自身だ。

嫌われる事を恐れて何もしなかったのは間違いなく俺である事は変わらない。

今だって『夢の本』が無かったら、間違いなく俺たちは一緒にここにいる事はなく、俺はただ漠然と高校生活を送っていたに違いないのだから。

俺は少し泣きそうな天音の頭にポンと手を置く。

……自然にやったつもりだけど、内心心臓バクバクなのだが。

「ま、良いじゃん。そういう事を経て、今日一日を使って〝あの日のやり直し〟が出来るようになったんだからさ……」

「……夢次君」

今日のコースがあの日、天音と遊ばなくなった日の定番コースで、彼女なりのあの日のやり直し、疎遠になっていた日々への区切りだったのは……なんとなくは分かっていた。

……色々なアクションが自分からでない事に……何というか。

「あ〜〜情けねえ！　幼馴染《おさななじみ》と腹割って話すってのを自分からじゃないってのが！　我ながら男らしくねぇ〜!!」

俺が自嘲気味にそう吠《ほ》えて仰向《あおむ》けになると、天音はクスリと笑って見せた。

夕日に照らされたその顔は、やっぱり可愛《かわい》い……天音には笑った顔の方がよく似合う。

「何よ。切っ掛けになった『夢』は実に男らしかったと思うけど？」

「ぐ……」

ちょっと意地悪くこっちを見る天音……いや、あれを引き合いに出すのはそろそろ勘弁していただけないかと……。

「あれは……その……アレで……どうせならもっと自然にかつ感動的にまた昔みたいな関係に戻れればベストだったって事で……」

「ふ～んだ……エッチめ」

少し顔を赤らめてそっぽを向く天音に俺は苦笑するしかなかった。

チラリと見えた首筋の二つの痣《あざ》を気にする事も無く……。

＊

PM８時、すでに夕食を終えて俺はベッドに座りつつ窓から何となく天音の部屋を見た。

……すでに明かりがついていない。

「もう寝たのかな？」

いくら何でも高校生にしては早すぎる気もするけど、今日の夢は〝超能力バトル〟にしようと張り切っていたから……楽しみにして早々と寝たのかもしれない。

夕方まで、さっきまで一緒にいたというのにまた夢の中で会う事が待ち遠しく思えてしまうのが……我ながら何とも現金なものだ。

数日前までは話す事すら躊躇《ためら》っていたのにな……。

『夢の本』を片手にそんな事を考えていると、スマホがけたたましく鳴り始めた。

画面上に出たのは『公衆電話』の表示、怪しさの方が勝って最初は無視しようと思った。

だがスマホは何十回と鳴り続けて……俺は仕方なく通話をタップした。

これから天音と一緒に夢を見ようと思っていた矢先なので少しイラつきながら……。

「もしもし……」

『ユメジ!? 良かった繋《つな》がった!!』

しかしいたずら電話の類を警戒していた俺の耳に聞こえたのは完全に俺を名指しにする誰かの切羽詰まった……女性の声だった。

妙に荒っぽいその口調は年上の女性を彷彿《ほうふつ》させるが……何故《なぜ》だか懐かしくも思える。

「えっと……どちら様でしょうか？ 俺に何か用事が？」

だけど俺は知らない相手である事を念頭に冷静に話そうと心がける……いたずらや詐欺なんかだったらイヤすぎるから。

しかしそんな俺の対応を無視して、電話向こうの女性は名乗りもせずに捲《まく》し立てた。

『説明の時間が無い、すぐにアマネの夢に潜れ！ お前になら共有夢が使えるだろ!?』

「…………え？」

それはまるで、俺が『夢の本』を使う事が出来る事を知っているような言葉。

それ以前に『夢の本』の存在と力を知っていなければ出てこないはずの言葉。

少なくとも電話向こうの何者かが〝知っている側〟である事が分かる言葉だった。

途端に額から冷や汗が流れ落ちる……何者なんだこの女《ひと》⁉

「ちょっと待てよ……何が何やら……」

『アマネは今、死の呪いを受けているんだよ！　しかも成立すると致死率100パーセントのたちの悪いヤツに‼』

しかしそんな疑問は切羽詰まった怒鳴り声の内容に、一瞬で吹き飛んだ。

「…………………は？　今、なんて言った？」

『今は理解しなくても良いから要点だけ聞け、アマネの首筋に二つの痣があっただろ？』

確かにあった。

公園で夕日に照らされた天音の首筋からチラッと見えた2本線に見える痣が二つ。

『三重呪殺は質《たち》の悪い夢魔が好んで使う呪いの一つだ。アマネは〝むこう〟に引っ張られる前に取りつかれて、既に2回の悪夢を見ている証拠だ。このまま3回目の悪夢を見ちまったら、取り殺されるぞ‼』

「と、取り殺される⁉」

『〝むこう〟に引っ張られた時には女神の神気に当てられて呪いは消滅していたのに、元に戻す段階で呪いまで戻ってしまったんだ……あ〜クソ！　〝むこう〟で呪われていた事を知ってりゃ色々警告出来たのに……』

悔しそうに言う彼女の話にちょいちょい出てくる『むこう』だの『夢魔』だのといった分からない単語が引っかかるが、確実に電話向こうの何者かは天音を心配して伝えているという事は分かった。

このままでは天音が危ない……つまりそういう事だ。

何故そんな情報を知っているのか、そもそも誰なのかとか聞きたい事は色々あるけど、今は議論している場合じゃ無いらしい。

『さっき天音に電話しても出なくて自宅に電話したけど「幾ら起こしても起きないから明日でいいか？」と言われてしまった。すでに危険かもしれんのだ!! 早く!!』

「わ、分かった……今すぐに共有夢を！」

『アタシもすぐに駆け付けるから、絶対にそれまでは持たせろ!!』

俺は言われるままに、今は電気が消えて暗くなっている……おそらく天音が寝ているはずの向こうの家の2階窓に本の上部、鳳《おおとり》の紋章を向けて……本に手を置いた。

その瞬間、強烈な眠気が襲い掛かり意識が遠のいていく。

『いいか？　とにかく何らかの方法で奴《やつ》らは恐怖を煽《あお》って三度目の悪夢を成立させようとしやがるはずだ。だがな夢は所詮夢、本来夢魔程度は〝お前ら〟の相手じゃねーんだ。ブチ殺して来い!!』

「イ、イエッサー……」

実に強引で高圧的で暴力的な激励の言葉。

名乗りも無く誰なのかも分からない、場合によっては凄《すご》く失礼な物言いだというのに、俺は何故かこの時反抗する言葉は浮かんでこなかった。

まるで先輩やコーチに激励でもされたような気分で……。

9章

三度目の悪夢に立ち向かう『次の夢』

Dream side

タタンタタン……タタンタタン……タタンタタン……


気が付くと私は電車に乗っていた。

今どこを走っていて、自分がどこを目指して電車に乗っていたのかも分からず、ただただ乗客のいない3両目の電車の座席にいつの間にか腰を下ろしていた。

「こ、ここって……まさか……まさか⁉」

私は……この光景に見覚えがあった。

いいえ……そうじゃない、思い出した……これは……夢よ。

でも夢次《ゆめじ》君が毎晩見せてくれた楽しく暖かい夢じゃない。

本当に、出来る事なら二度と見たくはない最悪の部類の夢。

何故か起きた時には不快感しか残らず記憶はしていない、本当に不気味な悪夢。

全身が震える……唇が渇く……恐怖に真冬のような悪寒が私を襲う。

そして、遂に聞きたくもなかった車内アナウンスがスピーカーから聞こえ始める。

駅員のように、抑揚は無く一定の声色で……。

『ご乗車の皆様、大変長らく〝お待ちしておりました〟。当車両はこれより終点を目指して走行いたします』

「ひ⁉」

それはどこの駅にでもありそうな男性駅員のアナウンスなのに、私にとっては酷《ひど》く不気味で恐怖を煽るものにしかならない。

『当車両〝猿夢〟は〝いけづくり〟〝えぐりだし〟を通過致しました。次は終点〝ひきにく～〟〝ひきにく～〟』

「やっぱり‼」

都市伝説『猿夢』、それは以前カグちゃんに聞いて知っていた怖い話だった。

一度目に1両目の乗客が、二度目に2両目の乗客が今『通過した』とアナウンスされた二つの呪いの単語に沿って惨殺されて、最後の3両目になった時にそこに乗っている乗客である自分は……というよくある怖い話の一種だ。

そんな夢を、何故見なくてはならないのだ⁉　最近見る事は無かったのに……。

前の車両に目をやると……以前の夢で何が起こったのか、予想は出来るけど想像したくない程のおびただしい血痕が広がっていて……。

更に苦痛に誰かがもがき苦しんだ跡、床やガラスには手形やらの暴れまわった跡がすべて血液で残されている……途端に恐怖と一緒に嘔気《はきけ》が起こる。

「なんで……今更!?」

私は誰に問うでもなく、そんなどうでもいい事を呟《つぶや》いた。

しかし、そんな特別でもない単なる独り言にアナウンスが律儀にも答えを返してきた。

『え～先日まで他の夢が邪魔をしていて我々が夢へ入り込む事は出来ませんでした。故に再びご乗車いただくのに時間が掛かりました……お待たせして大変申し訳ありません』

こんな夢を待っていたワケないでしょ!?

そう怒鳴りたいところだけど、聞き捨てならない事を言っていた。

「ほ、他の夢が邪魔……それって!?」

『……わたくし共が到着する前にお客様が別の夢へと出発なされていた事が今回終点へと至るダイヤが乱れた原因でございます』

別の夢、そんなのは夢次君が見せてくれた『夢の本』の力のお陰に決まっている!

つまり私はまたもや彼に助けられていたのだ。

悪夢を見る前に『夢次君の夢』を先に見ていたから……。

だけど今日私は帰り着いてからそのまま寝てしまった……夢次君が共有夢を使う前に。

『お客様におかれましては二週間以上もお待たせしてしまい、大変申し訳ございません……本日はダイヤ通り、お客様を〝ひきにく〟へとお届けいたします……』

そんな不吉なアナウンスが聞こえると、突然隣の血浸しになっていた車両に通じていたドアが〝バン〟と勢いよく開かれた。

「ひ!?」

そっちの車両には血痕はあっても誰もいなかったはずなのに……。

扉の向こうから現れたのは、無数の金属の刃《やいば》が幾重も円形に連なるドリル状の何か。

いや、そうじゃない……現れた無数の刃が〝車両全体〟を隙間なく埋め尽くして、車両の片側から迫りくる巨大な〝ミキサー〟となってしまった。

そして全ての隙間が無くなった瞬間、全ての細かい刃が回転を始めた。

ギイイイイイイ、ギャリギャリギャリ………

そして車両内にある座席や手すりなどの金属をものともせず嫌な音を立てて粉々に砕きながら……こっちへと迫って来た!!

「い、いや!!」

逃げなくては……そう思って立ち上がろうとするけど、私は座席から崩れ落ちてしまった。

足がまともに動いてくれない……恐怖で腰が抜けている!?

それでも……それでも逃げなくては!!

私は満足に動いてくれない足の代わりに這《は》いつくばり、床を這って迫りくる巨大なミキサーから逃れようとする。

けど……逃れると言っても……どこに?

とにかく隣の車両にとは思っているけど、この夢自体から逃れる為《ため》には目覚める事が大前提になるはずだけど……。

私の知識はカグちゃんから教えてもらった都市伝説の件《くだり》だけ……3回目の悪夢について助かる方法なんて聞いていない!

何とか目覚める方法はと考えていると、先読みをしていたのか変わらない業務口調なのに楽しそうに、小バカにするようなアナウンスが聞こえてきた。

『お客様、二度目の乗車で当車両は確かに申し上げました〝今度は逃がさない〟と。我々は約束は必ず守るのがモットーでございます』

楽しんでいる……私が腰を抜かして必死に逃げる姿を、恐怖する姿を、そして絶望して死ぬ姿を……この『悪夢』は楽しんでいるんだ！

「ひ……いや、やだ！　折角《せっかく》……また一緒に遊べるようになったのに……また明日って言えるようになったのに……」

感情もなく、ただただ機械的にあらゆる物を粉々に砕いて迫ってくるミキサーから逃れようと必死に逃げるけど、ミキサーはドンドンと私に迫ってくる。

勝手に涙が流れる……怖い、苦しい、悔しい、死にたくない……助けて……。

「助けて……助けて……」

『お客様大変申し訳ございませんが、当車両に乗車して頂いた限り救助が来る事はございません……終点まで存分にお楽しみ下さい……』

最早《もはや》聞きたくもないアナウンスの言葉なんてどうでもいい!!

私はまだ死にたくない!!　また、ちゃんと起きなきゃいけない!!

また、家の前で待っていなくてはいけない!!

また……おはようって言わなきゃいけない!!

助けて……助けて!!

「助けて夢ちゃん!!」

「……そのアダ名は懐かしいけど、この年じゃさすがにもう恥ずかしいぞ」

「……………………………え？」

『え？』

その声は突然私の隣に現れた。

私が最も安心出来る、最も親しく、そして最も聞きたかった男子の声。

その事は『悪夢』にとっても予想外な出来事だったのか、今まで業務口調だったアナウンスも戸惑いの声を出していた。

だけどそんな事はどうでも良いとばかりに、彼はどこから取り出したのか分からない巨大なロケットランチャーを肩に担いで……迫りくる巨大なミキサーに向けぶっ放した。

「夢魔だか何だか知らないけどな……そんなにお望みならこっちから『ひきにく』にしてやるよ……このクソ外道があぁ!!」

「ちょ!?　こんな至近距離で!?」

『な、なんだと!?　夢に介入してきた……だと!?』

ドオオオオオオオオオオオオオオオオオオオオオオオオオ……

走行中の電車の3両目、その内部で起こった巨大な爆音と閃光《せんこう》……それは、長い夜の狼煙《のろし》としては派手すぎる演出だった。

＊

……あ、危なかった。謎の電話の警告で慌てて『共有夢』を使って天音《あまね》の夢の中に侵入してみたら、すでに天音は絶体絶命の状態。

恐怖で腰を抜かしているところに迫りくるバカげた大きさのミキサーみたいな物から、這いつくばって必死に逃げている。

俺は……そんな泣きながら逃げている天音の姿を見て……キレた。

『ロケットランチャーでもあればブチ殺してやるのに……』

多分そんな事を考えたんだと……思う。

そして俺は〝思い通りに〟ロケットランチャーを手にしている事に何の疑問も抱かず、特に思案する事もなく、感情のままに巨大なミキサーに向かってぶっ放していた。

………至近距離だという事も考えずに。

暴力的な爆炎と爆風が晴れた時、車両にはホットドッグを中心から齧《かじ》ったような形状の大穴がボッコリと出来上がっていて、巨大なミキサーは跡形も無くなっていた。

しかしそれでも走行を続ける電車のせいで、大穴から強風が吹きつけて来る。

俺たちは二人とも全身ススだらけになって、ムクリと起き上がった……ボンバーヘッドになっていないのは幸運だったのだろうか？

「ゲホゲホ……いや～ゲームだったらこのくらいの距離でも問題無かったのに、ちょ～っと近すぎちゃったな～あはは」

「アハハじゃ、ないでしょ！」

同じくススだらけになっている天音は口から煙でも出すような勢いで詰め寄って来た。

「あんな近くでぶっ放す武器じゃないでしょ！　折角助かったと思ったのに、味方と一緒に自滅だなんて、シャレにならないでしょ!!」

「いや……それはマジでわるか……」

しかし詰め寄って来た天音は俺の言葉を遮り倒れ込むように、抱き着いてきた。

それは強い抱擁で……彼女の体は震えていた。

「…………怖かった……怖かった……」

「…………」

俺は少し気恥ずかしい思いもあったけど天音の頭にポンポンと手を置いて、しばらく彼女が落ち着くのを待つ事にした。

……しばらくしてようやく天音も落ち着いたようで、抱き着いていた事が今更恥ずかしくなったのか慌てて離れたその顔は泣き顔なのに怒ったようにも見え……真っ赤だった。

大穴から吹き付ける強風で天音の髪がさっきからバサバサと靡《なび》いているのが、ちょっとした演出にも見えるから不思議だが。

「私が取り憑《つ》かれている？」

俺がこの夢に侵入した経緯を話すと、天音は意外そうに目を丸くした。

正体不明の情報だったが、状況的に俺はもう電話の女性の言葉を疑っていなかった。

「何者なのかしら、その女性って……」

「分からないけど、電話では取り憑かれている事だけじゃなくて『夢の本』の事すら知っている風だったんだよな」

まるでベテランの〝何か〟のように……。

「天音の首筋に付いていた二つの痣《あざ》、コレが三つになった時取り殺されるとか言ってたけど……これってどういう夢なんだ？」

考えてみれば俺は〝天音が危ない〟という状況だけで条件反射的に動いていたから夢の詳しい内容までは知らない。

俺の質問に天音は露骨に嫌そうな顔になった。

「ほら、この前カグちゃんが話してた都市伝説の『猿夢』って怖い話の……」

「あ〜あれか……あの結構グロい」

言われてなるほどと納得、見渡してみればここは電車の中だし、俺が開けた大穴があるけどかろうじてここが電車の3両目である事は分かる。

都市伝説とかに詳しいちょっとギャルっぽい天音の親友神楽《かぐら》さんから俺たちは色々な怖い都市伝説を聞いていた。

特にその手の話に詳しくなかった俺たち男どもは神楽さんの話に結構引き込まれていたくらいで……多分彼女の一番のターゲットは工藤《くどう》だろうな〜と睨《にら》んでいる。

だって俺たちの中で一番ビビっていたのはヤツだったし。

「……つまり天音は今ひき肉にされる間際だったと？」

「そう……夢次君が来てくれなきゃ……どうなっていた事か……」

神楽さんが語っていた都市伝説では3回目のオチがとにかく曖昧だった。

2回目の悪夢から何とか目覚めたのに、どこからか『次は逃がさない』などという言葉が聞こえる……何とも後味の悪い、オチのないタイプだったから。

話の中では、予想として次にこの夢を見たら体は何ともなくても心臓発作で二度と目覚めないだろう〜とか言っていたけど。

「ねえ夢次君？　そういえばロケットランチャーなんて……どうやって手に入れたの？」

思い出したとばかりに俺が持ち込んだロケットランチャー……重いから下に置いた……を指さして天音が不思議そうに聞いてくる。

「どうやってって……」

「都市伝説の猿夢にこんな武器は無かったもん。だったらどうやって……」

俺は天音の言葉で気が付く……どうやら認識にズレがあるようだ。

「天音……忘れているようだけど、ここは『夢の中』なんだぞ？　夢は夢って気が付いた時点でどうなって、俺たちはそれを利用して毎晩どうやって遊んでたんだよ」

「え…………………あ!?」

天音にはここが悪夢で都市伝説だから『何も出来ない』という先入観があったようだ。

天音はスッと目を閉じて何かを念じるような仕草をして見せる。すると……唐突に天音の手には武骨な連射式の銃『マシンガン』が握られていた。

その黒光りする物騒な代物を手に……天音は心底悔しそうな顔になった。

「………迂闊《うかつ》だったわ、夢って気が付いた時点でコレは『明晰夢《めいせきむ》』なのね。その事に気が付かずに良いように怯《おび》えさせられてたなんて」

「はは……でも、もうこれ以上の事は……」

起こらない……俺はそう思っていた。

初っ端《しょぱな》の攻撃で既に『猿夢』は撃破したものと思い込んでいたのだ。

だから、いつの間にか車内に吹く風が静かになっている事に気が付くのが遅れた。

……風が弱くなっている……いや、止まっている⁉

嫌な予感と共に振り向くと、いつの間にか大穴が何事も無かったように塞がっていた。

そして、まるで……惨劇や破壊など何も起こっていなかったかのように、すっかり日常でもお目に掛かるような普通の、無人の車内へと戻っている。

まるで映画の場面が急に変わったかのように……唐突に。

そして、修復が済んだ車内のスピーカーから〝業務口調〟なアナウンスが流れ始めた。

『ザ……ザザ……たいへん……オまたせイたしました……。トく例でハございますが……当シャ両〝猿夢〟はゲストの乗車……心より歓迎申し上げます。本来3回目のご乗車でのみのサービスでございますが、貴方様《あなた》にも〝ひきにく〟をご提供いたしたいと……』

「待ってねーよ！　こんなのが歓迎とサービスだって言えるか！　JRに謝れ‼」

「そうよ！　ふざけないで‼」

ガガガガと今までのうっ憤を晴らすかのように、天音はマシンガンをスピーカーに向けて乱射……スピーカーは穴だらけになって粉々に吹っ飛んだ。

だが……瞬《まばた》きをする間の一瞬で、破壊したはずのスピーカーは元に戻っていた。

「な⁉」

「こ、これって⁉」

『我々は、貴方様方を侮っていた事を、深く謝罪いたします。どうやら軽度なれどお二人は〝夢〟を扱う術《すべ》をお持ちのご様子……我々もこのような事態は想定外、前例のない事でいささか戸惑っております……』

「ゆ、夢次君……あ、あれ……」

「………マジか」

驚愕《きょうがく》する俺たちの目の前で、手すりや座席、つり革や網棚など車内のあらゆる物が命を得たように、現実ではあり得ない形状へとグネグネと動き出していた。

正直言って……不快感が半端でない風景だ。

『我々と致しましては初の試みとなりますが〝夢の対決〟と行かせていただこうかと存じます。どうぞ心行くまでお楽しみ下さい……』

そしてスピーカーからのアナウンスが消えた瞬間、今まで不快感全開にうねっていたつり革やら手すりやらが俺たちに襲い掛かって来た。

「ちい！　舐《な》めやがってえええええ‼」

「こんなものの何が『夢の対決』よ!!　東〇vsサ〇ラ〇ズくらいのビッグタイトルを持ってきなさいよ!!」

ドガガガガガガ!!　ドン！　ドン！　ドン！　バンバンバンバンバン………

飛来するあらゆる大量の〝変形する金属の物体〟は元が公共設備であるはずだが、その面影もなく、虫のように、蛇のように襲い掛かって来て……俺たちは手にした重火器を乱射する。

ここは夢の中、自在に出来る明晰夢と自覚すれば武器は無限に手にする事が出来る。

マシンガン、ガトリング砲、手榴弾《しゅりゅうだん》、機関銃、ＲＰＧ……はては創作上でしか実現していないレールガンやらレーザーキャノンなどなど……。

飛来する〝変形する物体〟は俺たちの集中砲火を受けて即座に細切れになって行く。

しかし………黒煙が晴れた時、俺たちが目にしたのは……何事もなく、傷一つなく日常のままの……無人の電車の風景だった。

そして、またもや何事も無かったかのように金属が動き始めて俺たちに飛来し始める。

これでは……いわゆるジリ貧ってヤツなのでは？

『備品の破損に対する修理交換はお任せ下さい。迅速が当列車のモットーでございます』

皮肉のつもりか、真面目腐った口調で馬鹿にするような事を言いやがる……。

「マジかよ……反則だろこんなの!!」

「これじゃあ埒《らち》が明かないよ！」

レーザー式ガトリング砲で飛来する物を打ち落としながら天音は眉を顰《ひそ》めて言う。

確かにその通り……コレが相手の言う通りの『夢』を用いての戦いなら、今現在俺たちが攻撃を加えても何のダメージも無い気がする。

相手を倒す為《ため》のルールが分からない限り、対等の勝負にはなりえない……ならば。

「一旦舞台を変えよう！　このまま電車に乗っていても悪夢の延長でしかない!!」

「え？　舞台を変えるって言っても……どうやって？　ドアも窓も開かないわよ？」

天音はすでにドアも窓も開かない事を確認していたみたいだ。

正直つり革やらを自在に操作しているんだから、そのくらいは想定内だけどよ。

でも……だったら！

「古来バトル系主人公は言ってた。道は自ら切り開くモノであると!!」

「……えっと、それって」

それだけで俺が何を考えているか予想が付いたようで、天音は口元をヒク付かせる。

俺は自分で言った言葉を実践するために、再び『ロケットランチャー』を装備する。

「ようするにさっきと同じ事をするってだけさぁ!!」

「やっぱりね‼」

ドゴオオオオオオオオ……。

次の瞬間、走行中の電車の3両目に再び爆炎と爆風が巻き起こり、側面が吹っ飛んだ。

さっきもそうだったけど、さすがにここまでの大穴だと瞬時に修復とはいかないらしく大穴から再び強風が流れ込んでくる。

俺たちはその強風に向かって駆け出す……つまり、走行中の列車の外へ。

良い子も悪い子も絶対に真似《まね》してはいけない危険行為。

……だが今俺たちがいるのは夢の世界、明晰夢だ。

今の俺たちは〝何にでも〟なる事が出来る‼

「ハリウッドのアクションスターは走行中の列車から飛び降りなくてはいけない法律があるらしいからなあああああ‼」

「コレは夢、コレは夢、コレハユメエエエエエエ‼」

絶対に100キロ以上は出ている列車から俺たちは勢いよく飛び出した。

恐怖心を抱かないように……自分たちは大丈夫だと自分に言い聞かせ、思い込んで……。

「「うわ、うわあああああああああ‼」」

俺たちが飛び出した場所はどうやら山の中、線路沿いの草むらを数回転がる事で勢いを殺して……何とか無事脱出する事が出来たようだ。

「い、ちち……天音大丈夫？」

「な、なんとか……」

互いに数か所擦り傷を作ってボロボロではあるものの、無事だった事にホッとする。

ミンチになるより遥《はる》かにマシ……体に付いた草や葉を払いつつ俺たちは立ち上がった。

「出来るだけ線路から離れましょ？　気休めかもしれないけど」

確かに気休めかもしれない。何しろここは夢の中であって最終的に目覚めない限り『猿夢』の術中……とまでは言わないが、同じ土俵である事には変わりがないからな……。

でも電車に乗っていてあんな目にあった後なのだから、気持ちは分からなくもない。

「そうだな……とにかく線路から距離を置こうか」

「うん……だけどここって、どこなんだろう？　見覚えがある気もするんだけど？」

周囲を見渡すと雑木林なのは分かるが、山奥って程でも無い程度に舗装もされている。

「とにかく動こう。夢の中で目的地があるワケじゃないが、留《とど》まってても解決にはならん」

「……そうね。このまま動かないでいると不安になるもの」

どのみち何もしないでいても状況は変わらない……ならば動くしかないからな。

線路から、『猿夢』の最大のファクターである鉄道関連から離れる為に……。

そして道中に俺は天音の口からこの悪夢を以前から見ていた事を初めて聞いた。

「じゃあ天音は俺が『この本』を手に入れる前から、この『猿夢』を見ていたワケだ」

俺が『夢の本』を手に質問すると、天音は露骨に嫌な顔になった。

「うん……でも目が覚めるとすっかり忘れている。悪い夢って事だけは覚えているのに」

……そういえば前にもそんな事を言っていた。

俺と『夢の本』を使って明晰夢で遊び始める前に〝最近夢見が悪かった〟とか何とか。

それが『呪い』なのだとすると、スルーして良い事じゃ無かったな。

「しかし……咄嗟《とっさ》に神楽さんの話から『猿夢』から距離を取るには電車という舞台を離れようって安直に考えて飛び降りたけど……この判断が正しいのかも分からないんだよな」

夢の対決、あの気色の悪いアナウンスはそんな事を言っていたが、釈然としない。

その最たる物が俺たちが今現在、少なからず負傷している事だ。

本来夢の中であるなら、毎晩俺たちが楽しんでいた『明晰夢』であれば全く怪我《けが》をしないか、もしくは『それは演出なのだ』と割り切って夢での役を演じていた。

でも、この負傷に関しては痛みがある……〝そういうもの〟とは割り切れていないからなのか？

そもそもこの夢は俺が用意した『明晰夢』じゃなく、敵が用意した『悪夢』なのだ。

「何だか俺たちは本体を晒《さら》しているのに、向こうは隠れてこっちを監視しながら『夢』という力を遠隔操作してニヤニヤと笑いつつ……そんな感じがするんだよな」

「それは……何となく分かる。こんなのを好んでやっている奴《やつ》は絶対性格悪いだろうね」

俺の呟《つぶや》きに天音は大きく頷《うなず》いて同意する。

電車の中でも敵の攻撃は尽きる事無く、破壊しても即座に回復して襲い掛かって来た。

それはまるで俺たちが無限に武器を出現させて乱射していたのと同じように……。

つまりあの電車が『武器』なのだとすれば、あそこでいくら破壊活動をしたところで『本体』へのダメージにはならないという事になってしまう。

……そもそもが呪いのやり方とか、やる事なす事すべてが卑怯《ひきよう》臭くて根暗っぽい。

顔も見せずに夢で悪夢を仕掛けて、現実では忘れさせて安全を確保しつつ恐怖を煽《あお》る。

いざ戦いになれば己の身を危険に晒さずに『夢の対決』とか言って、まるで『同じ舞台に立ってやった』とでも言っているかのような勘違いしたナルシスト……。

しかし考えれば考えるほどイラ付くが……唐突に天音が俯《うつむ》いたままポツリと呟いた。

「……ゴメンね夢次君。また私のせいで……君が危険な目に」

「…………ん？」

「元々私に掛かっていた呪いなのに……私っていつも君に迷惑ばっかりかけて……折角《せっかく》また昔みたいに仲良くなれたと思ったのに……」

「…………」

「こんな事になるなら…………イタ!?」

しゃべりながらドンドンと沈み込んでいく天音の頭に、俺はチョップをかました。

それ以上は言わせねーよ……俺は憮然《ぶぜん》として天音を見つめる。

「夢次君？」

「まさか疎遠のままで良かった……なんて言うつもりじゃないだろうな？　俺は今俺の意志でここに、天音の夢の中にいるんだけど？　そのままで悪夢に取り殺される天音がいたかもしれない未来……なんて、俺は真っ平だぞ？」

「う……でも……それで君が危険な目に遭うのは……」

更に沈み込む天音の声……まあその気持ちは分からなくない。

天音は人一倍責任感が強い。犠牲になるなら自分一人で、とか考えてしまうんだろう。

けど……それが分かるなら、俺の気持ちも分かってほしいモノだ。

「大事な幼《おさな》馴染《なじみ》の一大事に関われない……そっちの方が俺には一大事なんですがね……」

「え!?」

天音は俺の言葉にハッとした表情を見せて……再び俯いてしまった。

どうやら分かってもらえたか……幼馴染が困っているというのに、頼りにされないなんて、そんなの絶対に嫌じゃないか。

「そういう時には、せめて隣に居させてくれ…………まったく」

「…………うん…………ゴメン」

そう呟くと、天音は俯いたままだが歩く俺の袖を軽く摘《つま》んできた。

……………こんな状況なのにちょっとドキッとしてしまったのは内緒である。

それから当てもなく俺たちは線路からは離れようと、しばらく山の中をひたすらに歩いていたのだが……突然山が開けたと思った時、目の前にあったのは……古い駅だった。

田舎に存在するような、無人駅と言われる類……までは古くないのだが、20～30年前から補修工事はしていませんってくらいにはボロい感じである。

「チッ……電車関係からは離れようとしていた矢先に……」

「!? こ、この駅って……まさか!?」

しかし俺はボロさしか第一印象の無い駅なのに、天音にとっては違うみたいだ。

天音は恐る恐る見上げて、駅名を確認すると青くなった。

「き、きさらぎ……駅……」

天音が呟いた駅の名前……俺はその駅名に一切覚えがなかった。

「知ってんの？　この駅……猿夢の関係か？」

「ううん、アレとは違う都市伝説で、この駅に行き着いた人は行方不明になるっていう」

聞くと天音は青い顔のまま首を振って答えたが、俺はそこで妙な違和感を覚えた。

別の話？　天音が取り憑《つ》かれていたのは『猿夢』の何か、じゃなかったのか？

都市伝説の中で鉄道関連で繋《つな》がりがある同じ部類の〝ナニか〟だというのだろうか？

何だろう……この釈然としない気持ちの悪さは。

「どっちにしても、そんなあからさまに怪しい駅だったら入らない方が良いよな」

「そう、そうよね！　ベタなホラー映画じゃないんだから『取りあえず入ってみよう』なんて言って怪しい場所にワザワザ入っていくのはそもそも間違いだものね!!」

俺の常識的な意見に天音も大いに頷いた。

ホラー映画、ホラーゲームの常識……怪しい場所に好奇心で入らない！　危険を回避してもホッとしない!!　某社のヘリコプターには絶対に乗ってはならない!!!

しかし俺たちはそういう常識的な判断を下したというのに、次の瞬間すでに駅の内部、しかもホームに突っ立っていた。

「チッ……またか、強制的な場所移動……」

「入場する気さえ無かったのに……」

突然薄暗く不気味な無人のホームに移されてしまった俺たちは、最大限の警戒をしつつ背中合わせになって銃を構える。

「なあ……ちなみにきさらぎ駅の都市伝説ってどんな話なの？　ってかきさらぎ駅ってそもそもどんな場所なんだ？」

都市伝説をなぞっているなら『きさらぎ駅』の概要を知っていないとマズいと思い天音に聞いてみるが、彼女は渋い顔で首を振る。

「実は……話の中でもきさらぎ駅って名前をメールかもしくはアナウンスで聞いた後、その人が行方不明になるってオチで……駅がどんな所とか詳しい概要はあんまりないのよ。異界の駅とかあの世に行く為《ため》の駅……なんて言う人もいるけど……」

「つまり『後のご想像は貴方《あなた》にお任せします』エンドか……そうなるとますますルールの分からないホラーゲームみたいだな」

キ――――――――ン………

「ん!?」

「な、何!?」

しかし俺が呟いた時、不気味な静けさに包まれていた無人の駅の構内に突然スピーカーのハウリング音が響き渡った。

スピーカーからの音、それだけで俺たちにとっては凶報でしかないけど……。

『ご入場されたお二方……大変お待ちしておりました。当方としましては精一杯のおもてなしをと考え、あらゆる手法を用いて歓迎致したいと存じます……』

流れ出す真面目腐った業務口調……だが本職の駅員とは違ってスピーカーの向こうで声の主はニヤニヤと笑いながらしゃべっている事が手に取るように分かる。

『まもなく～4番線より電車が到着致します。お降りの〝節足動物〟にくれぐれもご注意くださいませ～』

キキキキキ――――

そのアナウンスが終わると、俺たちの目の前『4番線』に何の予兆もなく、突然電車が走り込んできて……止まった。

「あ、天音？　今アナウンスで何か不吉な事を言ってなかったか？」

「い、いや……私は……信じない……」

あ……そういえば天音って……足の多いヤツは……。

考えている間もなく、到着した列車の扉が開いて……望まない現実が溢《あふ》れ出した。

まるで栓を抜かれた汚水の如《ごと》く、黒いのやら長いのやら、小さいのから大きいのから、這《は》うのから飛ぶのから、形容したくない光景が眼前にひたすらおぞましく広がって行く。

「イヤアアアアアアアアアアアアアア!!」

ドガガガガガガガガガガガガガガガガガガ…………

天音は取り乱しながらマシンガンを乱射する。

しかし幾らマシンガンとはいえ、ホームを覆いつくさんばかりに湧き出してくる虫の大群に対抗出来るハズもなく……それどころか多少仲間が弾丸で吹っ飛ばされても止まる事はなく、そのままジワジワと近寄って来る。

……大量射出するからって、弾丸じゃ埒《らち》が明かない。

「天音落ち着け！　銃じゃダメだ武器を換えろ!!」

「かかかか換えるって何によ!!　イヤアアア来ないでええええ!!」

俺だって嫌だし気色悪いが、こうも隣で取り乱されると却《かえ》って冷静になるもんだよな。

昔から害虫駆除と言ったら薬の噴霧か、そうでなければ……。

グゴオオオオオオオオ………

俺は手にした火炎放射器で目の前のおぞましい光景に膨大な炎を浴びせかけた。

炎を浴びた虫は瞬時に焼かれ燃え上がり〝バチバチ〟と嫌な音を立てて破裂していく。

俺が火炎放射器を使ったのを見て天音も「なるほど」と呟いてから涙目でそれを装備して虫の駆除にかかる……明晰夢《めいせきむ》では喜々としてゾンビを撃ちまくっていたのにな。

半泣き状態の天音と害虫駆除をしばらく続けて、最早《もはや》カサカサと不快な音を出して蠢《うごめ》く連中が目の前からいなくなったと思った時には……すでにホームにあれ程溢《あふ》れかえっていた大量の虫たちは跡形も無く消え去っていた。

焼き殺したはずの死骸も含めて跡形も無く、ただただ無人のホームに『戻って』いた。

「害虫は消毒よおおおお!!」

しかし天音はまだ気が動転した状態で火炎放射を続けていた。

「天音！　おいもう大丈夫だぞ天音！　虫の大群はもう跡形も無い!!」

尚《なお》も火炎放射を止《や》めない天音に俺は全力で揺すって言い聞かせる。

「ううう〜〜〜本当に？」

「本当本当!!」

涙目のままギロリと睨《にら》む天音の形相に若干ビビるが、既に何もないただのホームに戻っている状況を確認して、ようやく彼女は火炎放射を止めた。

「うううううう……虫嫌い……」

「そりゃ同感だけどな……」

『まもなく、3番線より電車が参ります。ご乗車の方は白線の内側にてお待ちください。車内は大変混み合っております。表情の無い人々にご注意下さい……』

しかし休む間もなく不吉なアナウンスの声が流れ始める。

「表情のない人々って？　また妙に嫌な予告を……」

「グス……ふん！　さっきのに比べれば何が来たってマシよ!!」

そう言って〝ジャコン〟とグレネードランチャーを手に手慣れた様子で弾丸装塡《そうてん》する天音の眼《め》は半泣きで……据わっていた。

キキキキキキ――――……

またも唐突にホームに走り込んできた電車がさっきとは反対側の3番線に止まった。

そして俺たちが銃口を向ける中、扉が開き出てきたのは……所謂《いわゆる》通勤ラッシュだった。

ドドドドドドド…………

「うえ!?」

「ひい!?」

一定の方向に向かって流れていくビジネススーツに身を包んだ人の波。

その様相はただでさえ不気味と言えるのに、その集団はすべて……マネキンだった。

攻撃意志があるのかも分からないマネキンの波……俺たちは攻撃態勢を取っていたにも

かかわらず、その異様さに呆気《あっけ》に取られて反応が一瞬遅れてしまった。

「あ⁉　ゆ、夢次君⁉」

「く……マズイ‼」

その一瞬で、俺と天音は人の波に跳ね飛ばされ分断されてしまった。

そしてラッシュの流れは一瞬にして俺と天音の間に立ちふさがり、同じホームにいたはずなのに、あっという間に姿が見えなくなってしまったのだ。

「天音‼　クソ、どけ人形ども‼」

俺は咄嗟《とっさ》に手にした〝大槌《おおつち》〟を振り回して邪魔なマネキンの流れを強引に吹っ飛ばす。

だが一瞬開けたと思った向こうには、既に天音の姿は無かった。

「く……もう流されちまったのか⁉」

俺が苛立《いらだ》ち紛れにそう言った途端、さっきまで一定の方角に流れていたはずのマネキンどもの動きがピタリと止まった……一瞬でホームが静寂に包まれる。

「な……なんだよ……」

騒がしいのも嫌だが、唐突な静寂も嫌だ。

俺が突然の静寂に緊張していると、すべてのマネキンの首がグルリと回り、俺を見た。

「これは……天音じゃなくても嫌だぞ……怖《こえ》え……」

ん？　天音じゃなくても？　……そういえば天音は昔からマネキンが苦手だった。

小さい時に見た『マネキンみたいなのが襲い掛かってくる』映画が原因らしいけど。

……何だろう？　何かが引っかかるぞ……大事な何かを見落としているような……。

だけど向こうは俺に時間を与えるつもりは無く、無表情なのに、マネキンなのに俺に明確な殺意を持って襲い掛かって来た。

躍動感あふれる、人間の形はしているが人間的では無い奇妙な動きで攻撃してくる大量のビジネススーツのマネキン、不快って点では虫に引けを取らない！

「くそったれ!!　遅刻するぞ、会社に行きやがれサラリーマン!!」

ガガガガガガガガガガガ…………

俺は取りあえず『マシンガン』を手に、襲い来るマネキンの群れへと引き金を引いた。

しかし当たったマネキンどもはのけ反ったりはするものの歩みを止める事は無く、ひび割れた状態のまま向かってくる。

「なら、こっちでどうだ!!」

早々にマシンガンを止めて俺は威力を重視したガトリング砲を想像、両手で構えた。

バラララララララララララ…………

秒速何百という弾数を誇る重火器が襲い来るマネキン人形を粉々に砕いて行く。

「オラオラ人形ども！　粉々になりたくなければ……」

しかし俺はこの時、前方で粉々になって行くマネキンに油断していた。

現状俺は駅のホームにいて、重火器を振り回していても四方に気を使っているつもりだったが……ホームには『下』がある事に気が付いた時、俺はすでにホームの下から伸びてきたマネキンの手に足を掴《つか》まれていた。

「ぐげ⁉」

次の瞬間、俺は線路に引きずり降ろされて背中から叩《たた》きつけられた。

夢のはずなのにしっかりと痛い……が、痛がっている暇は無いみたいだ。

「うぐ…………くそったれ……」

痛む背中、上がる息を無視して俺は立ち上がり再度ガトリング砲を構えて乱射する。

しかしさっきと同じように目の前のマネキンどもは瞬時に粉々になって行くけど、線路に降りて来るマネキンは後から後から尽きる事が無い。

オマケに……ゾンビ映画やゲームと違って、頭部を破壊したって止まらないし、下半身を吹っ飛ばしたら隣の上半身を吹っ飛ばしたヤツと合体して復活する……なんてトリッキーな事をするのもいる始末……。

「き、キリが無い…………グガ⁉」

遂《つい》には物量で弾幕を超えたマネキンの拳が顔面にヒット、俺は後方へと飛ばされる。

木製のマネキンはバットで殴られるのと大差無い！　夢じゃ無ければ死んでいた。

「く……そ……、夢をネタに陥れるタイプにしては……これは荒っぽくないか？」

顔面から叩きつけられた俺が憎々しく呟《つぶや》くと、どうやら俺がやられる所を見ていたらしくスピーカーからヤツの声が聞こえてきた。

『ガ……ザザ……誠に申し訳ございません。当方では貴方《あなた》は想定外のゲストという事で通常とは異なる対応とさせていただきますので……ご了承下さい……』

笑ってやがる……業務口調を続けてはいるけど、笑いを堪《こら》えてやがる……。

……でもゲスト対応？　今確かに『ヤツ』はそんな事を言った。

そう考えると妙だ……マネキンに天音と分断させられてから、攻撃の仕方が荒っぽくなった気がする……まるで俺自身を早々に排除したいかのように……。

少しの会話しかしてないが、『ヤツ』は掛け値なしの外道……数週前から『猿夢』でジワジワと恐怖を煽《あお》るような存在なら、当然俺も同じように追い込みそうなのに……。

「……俺がゲストって事は、あくまでメインは天音って事なんだよな？」

『勿論《もちろん》です。我々の当初のお客様は天音様お一人でございます。我々がこの夢で最高の恐怖を味わわせるべきＶＩＰはあの方のみで……』

「………つまり、逆に言えばお前がこの夢の中で最大の恐怖を、絶望を与えられる唯一の人物が天音だって事か？」

『………………』

俺の質問に饒舌《じょうぜつ》だったアナウンスが突然黙る……どうやら俺の想像は正解のようだな。

このスピーカーの向こうにいる『何か』は、俺が想像していた以上にゲスで卑怯《ひきょう》なサイコ野郎だという事がコレでハッキリした。

「おかしいとは思っていたんだよ。最初は『猿夢』という有名な都市伝説的な何か、とか思ったんだけど、どういうワケか次に出てきたのが俺の知らなかった別の都市伝説の『きさらぎ駅』だし。駅に入り込めば出てくるのが『昆虫の大群』に『無表情なマネキン』……お次は何だ？　巨大ナメクジでも出す予定だったか？」

『………………』

俺の言葉に黙り込むアナウンス……多分図星だったんだろう。

「全てが天音が怖いと思う物……という事は………ここはお前の悪夢じゃなく、あくまで『天音の夢の中』って事じゃ無いのか!?」

俺はそもそも電話の女性の指示で『天音の夢』に潜り込んだはずだ。

それに都市伝説って触れ込みで『猿夢』の範疇《はんちゅう》で考えるなら、舞台になる走行中の列車という部分を外さずにあくまでも『猿夢』で追い込まなければいけないと思うのだが、コイツは平然と『天音の恐怖』を煽る目的で最初の設定を捨てて来た。

つまり悪夢であってもここは『天音の夢』で、取り憑《つ》いたゲス野郎が夢だと気が付かない天音をあざ笑いながら、好き勝手しているという事になる。

まるでネットの向こうで姿も見せずに誹謗《ひぼう》中傷してゲラゲラ笑っているように……。

『ク……ククク……クヒャヒャヒャヒャ！　よ〜く分かったなぁ〜夢次君？　てめえがさっきから殺されかけてるマネキンはなぁ〜、愛《いと》しの幼《おさな》馴染《なじみ》が作り出した悪夢そのものなんだよぉ〜。俺はそいつをちょぃとだけ動かしているだけさぁ〜、ゲームみたいになぁ〜』

俺がそう言い放った途端、スピーカーから真面目腐った業務口調ではない心底相手の不幸を面白がり、ニヤ付く笑いが想像できる気分の悪くなる声が響いてきた。

取りあえず、俺はコイツを目の前にしたら絶対に殴ろうと心に決めた。

そして、今のやり取りで分かった事がある。

『夢は所詮夢』、電話の女性が教えてくれた言葉だがヤツが天音の夢を悪用しているのなら……解決策は明晰夢《めいせきむ》の時と全く同じで『気付く』事。

「ようするに天音自身がここを『自分の夢の中』だって気が付けば、勝手に入り込んで夢を悪用していたお前は夢の操作が出来なくなる……そういう事なんじゃないのか⁉」

俺がそう怒鳴ると、少しの静寂の後にスピーカーから拍手する音が聞こえてくる。

『おお～ご名答ご名答！　さすがだなぁ～さすが何年も疎遠だったって～のにねちっこく幼馴染面して来ただけはあるなぁ～感心感心！』

一々癇《かん》に障る言い方をしやがる……。

『だ、け、ど、さぁ～肝心の答えを教えてあげたい天音ちゃんは今、どっこかな～？』

「………チッ」

そう、そこが最大の問題。解決策が分かっても俺たちは今分断されてしまっている。

俺に気が付かれたのに『ヤツ』が余裕ぶっているのも、それが理由だろう。

知られる前に、俺を始末してしまえば問題ない……と。

ガチャガチャと音を立てながら……あれ程破壊したはずのマネキンどもは、全く数を減らす事なく俺の事を粛々と囲み始める。

『実はお前の事は警戒してたのさぁ～。人間のクセして少なからず夢を操りやがるし、しばらくの間夢に俺が侵入できないようにしたり、折角《せっかく》三重呪殺が完成する記念すべき3回目を邪魔する野郎だ。もしかしたら、悪夢の正体も見破られるんじゃないか……とな』

「……く⁉」

そして今度のマネキンどもは手に鉄パイプやら刃物やら、武器を所持していた。

天音と分断された途端に攻撃が荒っぽくなったと思っていたけど、何の事はない……天音に恐怖と絶望を与えて『3回目の悪夢』を成立させる為《ため》には俺が邪魔だった。

だから、早く始末したかっただけなのだ。

「一から十まで人の悪夢で済《ふんどし》まそうってか？　どこまでも卑怯で小さい『夢魔』だなお前は……」

俺はふら付く体を何とか起こして、ガトリング砲の銃口を構えた。

しかしすでに大量のマネキンに壁のように囲まれていて……ここから弾丸をばらまいたとしても退治も脱出も出来る気がしない。

『ひゃははは！　今のてめぇはいわゆる魂がむき出しの状態。ここで俺に、いや〝天音の悪夢〟に殺されるって事はなぁ～そのまんまてめぇの魂が死ぬって事だ!!』

「!?　………そうかよ」

『良かったなぁ～俺は寛大だからよぉ～愛《いと》しの幼馴染はしっかりと後で送ってやろう。今度こそずっと一緒に逝けるぜぇ～!!』

「げ、ゲスが……」

『さあかかれ！　俺のお楽しみを邪魔した野郎に永劫《えいごう》の苦しみを与えてやりやがれ!!』

そんな頭の悪い号令と共にマネキンの集団が一斉に俺に襲い掛かって来た。

前後左右……壁というか最早《もはや》雪崩のように……だ。

「華々しく敵の中心で特攻自爆……しかないのか？」

俺は手に想像した大量の『Ｃ４爆弾』を発生させて……覚悟を決めて……。

「らしくないわね。こんな小物に良いようにされるなんて……」

「……え？」

その時、俺が今回の夢では何故《なぜ》かずっと所持していた『夢の本』から声が聞こえた。

「な、なんだ⁉」

次の瞬間、俺の懐から飛び出した本が虚空で開き強烈な光が発生したかと思うと、眼前を埋め尽くしていたマネキンの群れに横一閃《いっせん》に光の斬撃が薙《な》がれた。

そして……上下に断たれた、破損しようが何しようが構わず襲って来ていたマネキンたちはガラガラと崩れ落ちて……黒いチリになって虚空に消えて行く。

『な⁉　一体何が起こった⁉』

『ヤツ』にとっても想定外の事態なのか、スピーカーから狼狽《ろうばい》した声が聞こえてくる。

やがて……現れた光が一部に集まって人型になって行く。

それは表情は全く分からないけど長い髪と女性的なシルエット、そして一振りの剣を手にしており、俺には直感的にそれが誰なのか分かった。

「アンタ……もしかして天音の危機を知らせてくれた……」

俺が光の人型に向かって言うと、表情も見えないのに呆《あき》れた顔になったのが分かった。

「な〜にしてんのよ。こんな雑魚魔物、ムソウの勇者の敵じゃないでしょうに……」

「む、むそうの勇者？」

溜息《ためいき》を吐《つ》いて肩に剣をトントンと当てる彼女は俺の体たらくに心配する様子も無く、本当に呆れているように思える。

『何者だぁ突然現れて好き勝手な事しやがって!!　コイツをくらえ!!』

よほど慌てたのか、ヤツは再び武装マネキンを光の女性に向けてけしかけて来た。

しかし彼女は全く慌てず、冷静にフェンシングのように無数に刺突を繰り返すと、それだけで穴だらけになったマネキンたちは、またもや揃《そろ》って虚空に消えて行く。

割れようが手足を失おうが襲ってきた人形の群れが、それだけで……。

『ば、バカな!?　夢の中で悪夢を消すなんて芸当……人間に出来るワケが……』

「す、すごい……いくら攻撃しても倒しきれなかったマネキンが一撃で……」

俺が驚いてそう呟くと、彼女はツカツカと俺に近寄って来て……そして。

ゴン!!　何故か剣の柄《つか》で頭を殴られた。

「いって!?　一体何を!?」

「な〜に敵と同じ所で戦ってやってんだよ、このバカタレ!!」

「え？　え？　どういう事⁇」

俺には何で怒られたのか理由がさっぱり分からないんだが？

しかし彼女は俺が手にしているガトリング砲やC4爆弾を指さして言う。

「それらの武器は君の夢想《ぶき》じゃない。映画とかから着想を借りた〝他人《ひと》の夢想《ぶき》〟でしょう？　相手は天音の悪夢を借りていて、君も借り物の夢想《ぶき》で戦っているのなら、本体を晒《さら》してない向こうが有利に決まってるじゃないの」

他人《ひと》の夢想《ぶき》、そう言われれば確かに俺も天音も、遊んでいた明晰夢の延長上に映画やゲームで出て来た武器を流用していたけど、これらは他人が作った物語、他人の夢想だ。

「でも、そうは言っても突然に自分の夢想《ぶき》で戦えって言われても想像が……」

付かない、そう言おうとした矢先に彼女は俺の言葉にかぶせて来た。

「本を手に入れてから二週間くらいか？」

「え……ああ、そのくらいだけど……」

「なら、それから見た夢で一番あの娘《こ》とラブラブチュッチュしてた夢があるでしょ？」

「！！！！！？？？？？？」

その瞬間、俺の中にあったはずのシリアスが沸騰、蒸発した。

何ゆえに⁉　何ゆえに彼女は確信を持ってそんな事を言うのだ⁉

確かに、確かにそれは間違いなく俺の、最大級にハッキリ分かる『俺の夢想』だが⁉

「それが答えよ……『夢葬《むそう》の勇者』、アマチ・ユメジ‼」

10章　夢想を無双し夢葬する者

夢葬の勇者、それはあの『異世界の夢』での俺の通り名だったはず。

その名前の由来は何かで名を挙げたとか、強敵を倒したとか大それた結果ではない。

実際、あの夢での俺は〝夢とは思えない程〟慎重で、臆病で……それこそ人を殺す事を怖がり恐れ、拒否するタイプの面倒臭い系の勇者だったと思う。

仲間たちにも『甘ちゃんだ』とか『綺麗事《きれいごと》を抜かすな!!』とか散々言われ続けていたが、そんな連中も最後には『お前ほど合理的で慈悲深く残酷な勇者はいない』と言う。

そうだろうか？　俺があの『異世界の夢』で行った事は大した事じゃない。

今現在の俺だって、同じ行動をするだろうと思う。

だって色々な諍《いさか》いに巻き込まれて傷つきたくないし、死にたくないし……。

だから俺がやった事はそんなに大した事では無い、ただ……夢を見てもらっただけだ。

何らかをやらかそうとしている、より多くの者たちに。

『共有夢』で他者の心、愛情や憎悪を伝え、『過去夢』で己が忘れていた罪を思い出させ、『予知夢』でこれからの行いで大事な者が犠牲になるのを教え、『未来夢』であるかもしれない想定の最悪の未来を告げる……俺が夢の中でやった事などその程度なのだ。

なのに、妙な感じで俺の名前が夢の中では独り歩きして行った。

ある悪政を敷く暴君は、隣国を滅ぼし属国にするという野望《ゆめ》を突然捨てた。

ある特権階級の貴族は私利私欲から私腹を肥やすという欲望《ゆめ》を唐突に悔い改め、民衆の為に身を粉にして働くようになり自らの欲望《ゆめ》を壊した。

種族の違いから人間に虐げられ続けた亜人種の一族は復讐《ふくしゅう》という宿願《ゆめ》を、和解という野望《ゆめ》を欲望《ゆめ》を宿願《ゆめ》を人々を破滅へと至らしめる夢を、葬り去る勇者《ばけもの》……いつしかそんな風に言われるようになっていた。

それ以上の夢と引き換えに心の奥底へとしまい込んだ。

夢想を無双し、夢葬する者……と。

ただ……夢の中の、異世界の俺が考えていた行動理念は一つだけだった。

それは今と全く同じ気持ちで……。

「早く終わらせて、天音《あまね》と一緒に帰ろう」

俺は自分で意外に思う程に、自然すぎる程自然に何でも無い事のように呟《つぶや》いてから手にしていた『夢の本』から一振りの大剣を〝引き抜き〟そしてそのまま、目の前に群がっているマネキンの大群に剣を振りぬく。

ボッ!!

それだけで、それだけの事で目の前を覆いつくす程群がっていたマネキンの群れは斬られるという事もなく、何かの衝撃で破壊されたというワケでもなく、ただ掻《か》き消えた。

「…………え？」

『……な、何⁉』

スピーカーから漏れ聞こえた『ヤツ』の声に思わず同調してしまう……それくらい俺は自分が今やらかした事に呆気《あっけ》に取られていた。

破壊した実感なんか無く、振っただけで消してしまった……そんな感じなのだ。

「何なんだよこの剣……っていうかこの力は⁉」

「み〜ろ〜、夢魔の力なんてお前の敵じゃ〜ないって言っただろ？」

「あ……うん……」

しかし狼狽する俺に相変わらず表情の分からない光の塊なのに、彼女は得意げに言う。

確かに、こんな力を持っていたのに苦戦していたら、そりゃ〜呆《あき》れるだろうけど。

しかし、さっきまで苦戦していた敵が一瞬にして消滅した事に俺は内心ビビっている。

……………俺に「TUEEEE」は向いてないっぽいな。

そうこうするうちに、まだホームにたむろっていたマネキンの団体さんが武器を手にガチャガチャと線路に降りたって来る。

一瞬どうしようかと光の女性を見ると、迷わず親指で首を掻《か》き切って下に向ける動作。

俺はおっかなびっくり、剣を横なぎに振るう。

ボシュウウウウ……

それだけで……空気でも抜かれたような音のみを残して、さっきまで大量のマネキンに占拠されていたホームから、マネキンの姿は跡形も無く消え去っていた。

駅のホーム自体には何の傷も破損も無く、残ったのは耳が痛いほどの静寂のみ……。

そんな中、スピーカーからかなり狼狽した声が聞こえだした。

『な、何だ……何なんだこの力は!? 貴様、本当に人間か!? ただの人間に悪夢を滅するなんて芸当、出来るワケがない!!』

「い、いや……俺にそんな事を言われてもな……」

プワ―――――ン………

答えようのない質問をされて困っていると、静寂に包まれていたホームに上りと下り両方から電車が停車する様子も無く、そのままのスピードで突っ込んできた。

今度はひき殺そうって算段らしい……けど。

俺は〝自分の力〟には戸惑っているのに『悪夢』に対しては全く動じる事もなく……向

かってくる電車の前で剣を線路上に突き立てた。

　それだけで、両方から向かってきていた電車は空気に溶けるように消えて行った。

『バカな⁉　あり得ない⁉』

「は〜あ……ユメジに対して悪夢で挑むのは愚の骨頂なのに……まして『アマネの悪夢』は敵にすらならないのにね……」

　狼狽《ろうばい》する声に彼女は呆れたように溜息を吐いた。

「どういう事なんだ？　天音の悪夢が俺の敵にならないって？」

　さっきまでやられっぱなしだったのに……俺の疑問に光の女性はニヤリと笑った。

　相変わらず雰囲気で表情が分かってしまう。

「だってアマネにとって怖い事から守ってくれるのはユメジなんだからな。アマネにとって君は悪夢の天敵って事なのさ」

「う…………あ、そっすか……」

　聞くんじゃ無かった……ハッキリと言われて、しかも目の前に証拠すらあっては否定材料も無いから…………やたらと恥ずかしい。

　そこまで頼られて、信頼されているっていうのは……まあ……悪い気はしないけどさ。

　ど〜せなら……本人から……。

『フ、フフフ、フフハハハハ……！』

しかし俺が不埒《ふらち》な事を考えていると、『ヤツ』の声がスピーカーから聞こえていた。

『確かに……確かに貴様らは強い！　見くびっていた事を詫《わ》びておこう……どうやら我に貴様らを倒す事は……出来そうに無い……』

「おや？　殊勝な事を……」

敵からの敗北宣言、もしかしたらこのまま天音の夢から逃亡してくれるのだろうか？

しかし俺の希望とは裏腹に、まだ『ヤツ』には思惑があるようだった。

『だが貴様らがどんなに強くても、ここが〝神崎《かんざき》天音の夢〟である事に変わりはない』

『ヤツ』の言葉に同調するように、俺たちの目の前の空間に黒い鏡のような物が現れて……そこに俺とはぐれて不安そうにする天音の姿が映った。

「天音⁉」

『ここはあくまで彼女の世界。天音がこちらの術中にあるうちは……まだ彼女の悪夢は、三度目の悪夢は続いているという事…………』

「な、なんだって？」

『自ら傷付けてしまった者に対して抱き続けていた罪悪感……貴様への後ろめたさ、最大の悪夢がある限り……あの女の未来は決まったようなものなのさ……』

背筋を冷たい物が走る。

三度目の悪夢を成立させてしまうと取り殺される……光の女性が言っていた事だ。

悪夢の内容、それがもし『猿夢』に代表される殺害をオチにしたものでないなら……。

もしも、まだ幼少期の俺との出来事を少しでも気に病んでいるのなら？

しかし俺が最悪を想像して青くなっていると……後ろから頭を叩《たた》かれた。

「いた……な、なに？」

「心配するな……アマネなら大丈夫だよ」

自信に満ちた口調で俺にそう言うと、彼女は更に虚空に視線を向けた。

「一つだけ忠告しといてやろう、名もなき『こちらの世界の夢魔』よ。神崎天音を……いや、『あの女』を甘く見ない方が身の為《ため》だぞ？」

『……………何、言っている……たかだか人間の小娘相手に』

この時、俺は彼女が言っている事を全く理解できなかった。

そして……本当に、本気で忠告している……という事も……。

「忘れるはずが……忘れてくれるはずが無いんだよ。あんな強欲で独占欲の強い女がさ。自分の男との想《おも》い出の全てをよ……」

ラッシュの波に流される……話には聞いた事があるけど、まさか本当に自分が流されるハメになるとは思わなかった。

＊

大群のマネキンの波に、思わず前に見た怖かったSF映画を思い出して鳥肌を立てている間に、私は強制的に駅のホームとは全く関係ない場所に連れていかれてしまっていた。

ようやく脱出できたと思った時には……すでにそばにいたはずの夢次《ゆめじ》君の姿はどこにもなかった。

「夢次君⁉」

彼がいない⁉　その事が強烈な不安になって襲い掛かってくる。

そして、気が付くとあれ程気味悪く聞こえたマネキンのラッシュの音が突然止まった。

慌てて周囲を見ると最早《もはや》マネキンは周囲に一体も無く、静寂が辺りを包み込んでいた。

「い、一体何が……」

しかし無人と思っていた廊下の先に一瞬チラリと、見慣れた人影が見えてホッとする。

それは間違いなく今一番探していた人の背中、夢次君の後ろ姿だ。

でも……彼は私に気が付いていないのか、廊下の先へと曲がろうとしている。

「あ……待って夢次君!!」

私は彼の後ろ姿を見失わないように駆け出して、たった今彼が曲がって行った突き当たりを曲がり…………………気が付いた時……私は教室に座っていた。

「…………え？」

「どうしたアマッち、ボーっとしてさ……」

「気分でも悪いんでしょうか？」

それはいつも通りの見慣れた風景、学校で気心知れた友人たち……カグちゃんカムちゃんと無駄話をしている今まで何度も過ごしてきた学校の日常風景。

だけど……それはあくまでも二週間前の風景のはずだった。

チラリと視線を投げると、そこには仲の良い男友達と談笑している夢次君の姿……一瞬だけ視線が合うけどフイっと逸《そ》らされてしまった。

「あ……」

その仕草に胸が締め付けられる、背筋がざわつく…………。

黒板の日付を確認すると、板書された日にちは今日を示している……つまりこれは二週間前の夢って事では無いらしい。

「よう天音、な〜に見てんだよ。あんなパッとしない野郎が昔馴染《なじ》みとか、お前も迷惑だよなあ？　俺が近寄らないようにしめてやろうか？」

そして……実に不愉快な事を得意げに言い放つ不快な男が私のそばにいる……。

私にとって大事な人がそばにいないのに、どうでも良いのが私の大事な場所に居座ろうとしている……凄《すご》く……物凄く不愉快な情景……それはつまり……。

「彼が『夢の本』を手にしていなかったら……？」

おそらくそういう夢なのだろう。

確かに彼が二週間前に『夢の本』を手に入れ、偶然にも私を巻き込んでくれた事で幼少期から気に病んでいた事を解消する事が出来た。

しかし、もしも夢次君が『夢の本』を手にしなかったら？

『お分かりいただけましたでしょうか……その通りです。これは彼が『夢の本』を手に入れず、貴女《あなた》と接点を持たなかった未来の情景でございます』

不意に、どこからか『ヤツ』の声が聞こえて来た。

スピーカーから聞こえてくるようにくぐもった音声で……不快な結論を。

「それは………」

場面が変わる……それは以前から心配してくれていたカグちゃんとカムちゃんからの情報、夢次君が、私があの男と付き合っているって噂《うわさ》を信じてしまっていると聞かされる。

場面が変わる……それはスズ姉の喫茶店……何とか仲直りしたくて、彼ともう一度仲の良かった幼馴染《おさななじみ》に戻りたくて何度も相談していたのに……ある日突然告げられる。

「最近さ……アイツに相談されたんだ。違うクラスの娘《こ》に告白されたとかなんとか……」

場面が変わる……それはある日の放課後……相変わらず付きまとい、勝手な噂を流して彼氏面をしてくる男をあしらっていると……目にしてしまった光景。

夢次君が知らない女生徒と一緒に楽しそうに帰っている姿……。

場面が変わる……その度に、私は心を抉《えぐ》られるような想いにさせられる。

『そうです……貴女がいなければ、きっと彼は余計な苦悩もせずに穏やかな毎日を送っていた事でしょう。貴女はそんな彼の未来を邪魔しているのです……』

「…………」

そうだ……彼は優しい人……自分のような勝手な女なんかがいなければ……『夢の本』なんて偶然が無ければ……私と関わりの無い幸せな青春を送っていたかもしれない。

私が……私なんかがいなければ………。


場面が変わる………そこにいたのは一人の男の子。

あの日、私が勝手に遊ばなくなった日の……夢次君の姿……。

私が失いたくない、もう手放したくないと思って必死に手を伸ばすと………彼はそんな私に冷たい目で言い放った。

「今更来られても迷惑なんだけど？」

そう言い放った彼の娘のそばには既に別の娘の姿が………。

そうだ……今更私が彼のそばにいて良いワケが無い………。

夢次君がそう言うのなら……私は……私なんかはいない方が……。


「そんなワケ………無いじゃない………」

その瞬間、私の心の中で何かがキレた。

コイツは何の為にこんな物を見せた？

〝ユメジ〟の存在を知って、その上で私に絶望を与えるには打って付けだと思ったから？

彼が私のそばからいなくなる可能性を示す事で、私が彼にとっての障害であると幼少期の苦い思い出も含めて唆せば、絶望して三度目の悪夢を見ると……そう思ったのか？

つまり、コイツは……奪おうとしたのだ……私から……私の男《ユメジ》を………。

その瞬間溢《あふ》れる業火の如《ごと》き、溶岩の如き、恒星の如き滾《たぎ》り立ち上る怒りと『魔力』。

それだけで、私の目の前に流れていた不愉快な情景のすべてが獄炎《ごくえん》に包まれて消滅して行く…………稚拙な落書きを火にくべるように。

『…………は？』

「…………甘く、見られたものね。幼い時だろうと何だろうと……ユメジがそんな事を口にするような小さい男なワケがないでしょ……はあああ!!」

『な、なんだこの炎は!?　グギャアアアアア!?』

私が軽く魔力を操作しただけで、どこからか『夢魔』の間抜けな声が聞こえてくる。

そして、それだけで私に取り憑《つ》いていた『夢魔』が今現在どこにいて、そしてここが一体どこなのかも理解出来る。

記憶の封が解けた……だからこそ『魔術的な能力』を全て理解出来るし行使出来る。

向こうの世界では『無忘却《わすれず》の魔導士』とまで謳《うた》われた私には……。

『な、何なんだ一体貴様らは⁉　ただの人間の筈《はず》なのに、何で我に攻撃できる⁉　何故《なぜ》痛みを与える事が出来る⁉』

攻撃されたのは初めての経験なのだろうか？　狼狽《うろた》えた情けない声が聞こえてくる。

「たかが人間の思念に取り憑いて、三重の呪いで魂を疲弊させねば生命力を奪う事も出来ない矮小《わいしょう》な夢魔如き……魔力操作を行えば炙《あぶ》りだす事など害虫駆除よりも容易《たやす》い」

『な、なんだそれは……何なんだそれは⁉』

やっぱり初めての経験らしいな……『こっちの世界』では魔力の概念が太古に失われて久しい。

だから向こうの世界に比べてこういった精神体の類が存在を中々認知されず、ほぼ一方的に無傷で悪事を働けてしまう……退治される心配が低いから。

「ま……それでもさっきまでの私だったら、取り殺されていたかもしれないけどね」

私が手をかざすと今まで学校の風景だった物が全て炎に包まれて、溶け消えて行く。

当然だ……何しろここは『私の夢の中』、私の意のままに操作出来るに決まっている。

そして……私が夢の主導権を取り返しただけで、夢の外側から私たちを監視しあざ笑っていた黒く矮小な『害虫』の姿が露《あらわ》になる。

それは黒い影の塊……細身の男に見えなくもない……そんな存在だった。

〝それ〟は私と目が合っただけで、激しく動揺していた。

『ヒイ!?　何故だ、何故こんな事が!?』

「……単純な作戦ミスでしょうね。他の悪夢だったら分からなかったのに、アンタは私にとってワザワザ『記憶の封』を開く手法を取ったんだから……」

それは私にとっての最大の逆鱗《げきりん》、自ら封じていた『記憶』を解放してしまう程の……。

「私から……ユメジを奪おうとする者は……何者であろうと許さない………」

全てはそれだけ、たったそれだけの理由で私は魔導士に……魔女に戻る。

そして手に魔力を集中させ、記憶の中で最大の威力を誇る攻撃魔法を練り上げて行く。

それが自らにとって致命傷になるであろう事を察した夢魔が絶叫にも似た声を上げた。

『あ、あの男は貴様にとって最大の後悔と罪悪感だったはずだ！　疎遠解消して二週間足らずで何でそこまで信じられる!?　自らの悪夢の幻想も消し去る程確信に満ちて!!』

それは夢魔にとっては疑問に思っても仕方が無い事かもしれない。

人の心理の裏を突いて悪事を働いて来た夢魔にとって、負の感情は武器だった。

少しの疑いでもあれば、私はこの悪夢を破れなかっただろう。

でも……コイツは勘違いをしている。

信頼は、時間をかけて構築して行くものなのだから……。

「5年と二週間よ。それだけの間、私は彼と一緒にいたんだから……」

『は？　5年⁇』

「彼を私以上に理解している女はこの世にいないのよ‼　なめんなああああ‼」

感情の発露、絶叫と共に私は魔力を解放した。

「カラミティ・アマネ・エクスキューション‼」

＊

それは本当に突然起こった。

無人になった駅のホーム全体が急激に炎に包まれて、きさらぎ駅の全てがまるで壁紙に火を付けたかのように一瞬で燃え消えて行く。

しかし膨大な炎だというのに俺も光の女性も全く熱さを感じる事が無い。

むしろ不思議と暖かく心地よさまであるくらいだ。

「こ、これって一体？」

「お～これはこれは……さては開けてはいけない蓋を開けたな……」

折角《せっかく》忠告したのにとばかりにクックッと彼女が笑っていると、消滅していく駅の向こうからやたらと小悪党っぽい叫び声が聞こえた。

『ギエエエエエエエ⁉　熱い熱い熱いいいいい‼』

そして俺たちの目の前にベシャッと音を立てて、『それ』は落ちて来た。

それは小鬼と言うのか餓鬼と言えば良いのか……簡素な服に一本の角がある、黒い小さなオッサンと言った方が良いような……そんな容姿をしている。

そいつは全身あちこちから黒煙を燻《くす》ぶらせ、息も絶え絶えの状態だった。

『あ、危なかった……何なんだあの女は……。消《ころ》さ《さ》れ《れ》る《る》かと思った……』

「……なあ、お前」

『⁉　ハ⁉』

呟《つぶや》いていた小さなオッサンは俺の声に体をビクリと震わせて、完全に硬直した。

その姿に余裕は無く、戦場に取り残された敗残兵のよう、どう考えてもコイツが……。

「なあ……もしかしなくてもコイツが？」

一応の確認、尋ねてみると光の女性は大きく頷《うなず》いた。

「天音の夢に取り憑いていた夢魔の本体。本来夢魔は取り憑いた相手の精神状態を盗み見てトラウマを刺激して悪夢を見せる存在だから、自身は大した力を持たない雑魚なのよ」

「ふ〜〜ん……」

「〝アマネ〟の逆鱗に触れて夢を取り返された事で反撃くらって……全ての力を犠牲に逃げ出すのが精一杯だった……そんなところじゃない？」

『ひ、ひいいいいいい!?』

俺たちが睨《にら》みつけただけで小さいオッサン『夢魔』は腰を抜かして後ずさりする……。

余裕ぶってあれ程嫌らしく俺たちに攻撃を仕掛けていた輩《やから》とは到底思えないな。

焦りつつ何やら空間に穴を開けて……多分夢の中から逃げようとしているんだろうけど、俺が軽く剣を振っただけで、開きかけていた出口が消滅する。

さらに呆気《あっけ》に取られている『夢魔』の頭を光の女性が踏みつけた。

……ハイヒールじゃなくて良かったね。

「…………逃がすとでも思ってんのか？」

『ブギイイイイ!?』

地面に押し付けられた夢魔から叫びなのか嗚咽《おえつ》なのか分からない、形容しがたい音が漏れてくる。俺は率直に哀れとか思うよりも、まず『汚い音』としか思わなかった。

『ゴベ⁉』

さらに彼女に顔面を蹴られた夢魔は、そのまま俺の目の前に頭から吹っ飛んできた。

顔を上げたヤツに剣を突きつけると、今度は地面に頭をこすりつけて土下座を始めた。

『悪かった！　俺が悪かったですぅ‼　大人しく彼女の夢から出て行きます！　もう人間を狙わない‼　だからぁ……』

そして情けなく始まる命乞い……何だろうか……ここまでテンプレ通りの態度には、呆《あき》れを通り越して怒りが湧いてくる。

こんな情けない小物相手に……だけど……。

「このまま感情の赴くままに手を出せば、俺はこの小物と同じくらいになってしまう気がする」

「ちょっと⁉　まさか……見逃す気⁉」

俺がイラつきながらも声を絞り出すと、途端に命乞いしていた夢魔が顔を上げて希望を見出《みいだ》したかのように表情を輝かせて、反対に光の女性は不満げに抗議する。

「アンタ……それは甘すぎるわよ！　本来の夢魔は夢を通じて人から生命力を少し持って行く程度、逆に言えば餌場を荒らさないように絶対に人を死なせる事は無い者たち……なのにコイツはその種族としての不可侵を平気で犯した罪人だぞ‼」

ギロリと睨みつけると再び夢魔は頭を擦《こす》り付けて命乞いを始める。

『二度と人を襲う事は致しません……命を賭けて約束します……』

「夢魔の口約束など当てになるか！　生気の味を占めた夢魔は必ず同じ事をするぞ!!」

厳しい顔付きで抗議する彼女の意見に……ハッキリ言って俺も全く同意だった。

というか……幾ら謝罪しようと何しようと……コイツは殺そうとしたのだ……嬉々《きき》として……神崎天音を……俺の幼馴染《おさななじみ》を!!

俺は今現在の感情を込め『夢の本』を無造作に捲《めく》ると……あるページがひとりでに開く。

「………今回コイツがやらかした事件の被害者って、他にもいるよな。その人を差し置いて、俺たちだけで断罪するのは……ルール違反だと思うんだよね……俺は……」

そして開いたページの魔法陣に〝とある名称〟が浮かび上がって……それを目にした光の女性の表情が明らかに引きつった。

「あ……あんた……まさか……」

「死に逃げるだなんて………誰が許すものかよ………」

「………なるほど、こいつは二つも逆鱗に触れたワケだ……はは」

一転して彼女は夢魔に対して同情するような瞳を送る。

『⁇　は？　一体何が⁇』

彼女が同情している意味も分からない夢魔に対して、俺は『夢の本』を叩《たた》きつけた。

＊

タタンタタン……タタンタタン……

気が付いた時、名も無き夢魔は電車に乗っていた。

慌てて周囲を見渡すが、さっきまで自分の存在を脅かしていた人間の姿は見られない。

どうやら本当に自分は見逃されたのだ……そう思って夢魔はホッと息を吐き出す。

『はあ～、どうやら助かったみたいだな……溜《た》め込んでいた悪夢の力は全部失っちまったが、まあ助かった代償と思って諦めよう……しかし……』

夢魔は助かった安心感からか、途端に表情をにやけさせる。

『所詮は人間のガキだなぁ～。ちょっと情に訴えて演技してやりゃ見逃してくれるんだからよぅ～。しばらくはほとぼり冷ますしかねぇ～のは仕方が無いが……』

ついには夢次に小さいオッサンと称された夢魔は大口を開けて笑い始めた。

『ヒャハハハハ！　だ～れが止《や》めるかよ!!　人間の熟成された死の恐怖や絶望の味を知って、細々とした精神エネルギーだけで満足出来るワケねーだろうが!!』

大声で自分の欲望を宣《のたま》うその姿に反省の色など欠片《かけら》も無く、無人の電車で夢魔は一人で馬鹿笑いを繰り返す。

タタンタタン……タタンタタン……しかし電車は夢魔に関係なく、走り続けている。

『しかし、この電車は一体？　俺が人間に見せていた話の電車に似ている気も……』

その情景が今まで自分が〝見せていた〟ものと同じである事に気が付いた時、突如としてアナウンスが流れ始めた。

『え～毎度ご乗車ありがとうございます……こちらは終点駅〝死〟まで走行を続けて参ります。まもなくいけづくり～いけづくり～』

『は？　なんだそれは……というか、そもそもここは一体？』

無人の電車にただ一人の夢魔の呟きに答えるように、スピーカーから業務口調のアナウンスが流れ始める。

『何だ、とは心外でございますね。貴方《あなた》様に何度も名前を騙《かた》っていただいた……本物である、とお答えすれば宜《よろ》しいでしょうか？』

『へ？　は……本物？』

夢魔自身は『三重呪殺』の儀式に都合がいいからと日本でそこそこ有名な都市伝説を利用し、乗っかる事で幾度も呪いを成功させてきていた。

しかし今まで一度も『本物』を称する何かと出会った事も無かったし、そもそもそれはあくまで怪談の一種、怖い話の一つでしか無いと考えていたのだ。

しかし戸惑う夢魔を他所《よそ》にアナウンスは続く……。

淡々とした業務口調であるはずなのに……明らかに怒りの感情を滲《にじ》ませて……。

『我ら都市伝説や怪談を称する存在は、あくまで己が物語を通じて恐怖を与える事を誇りとしております。ゆえに〝話〟以外の方法でお客様へ危害や恐怖を与える所業はご法度なのでございます……』

『い、いや……それは……』

『まして……貴方は我々〝猿夢〟の名を語りながら、お客様へ恐怖を与える事に失敗致しました……。それは我らの名に泥を塗るのと同じ所業……我が鉄道はその事態に対して大変な憤りを感じております……』

その瞬間、隣の車両に通じるはずの扉が前後両方で開いた。

そして……あらゆる刃物を所持したナニかと一緒に、隙間なく車両を埋め尽くすほど巨大でどういう構造や仕組みになっているのか全く分からないけどミキサーだとだけ分かるナニかが姿を現す。

『ひ、ひいい⁉　猿夢の本物だと⁉　そんなもんが何でいるんだよ‼』

自分にこれから起こるだろう未来に腰を抜かす夢魔。

彼には自分に起こっている事態のすべてが理解不能だった。

『あの方は私どもをワザワザお呼び下さいました。そして言って下さいました……気の済むように、好きにして良いと……。人と違って夢魔は簡単に死ぬ事は無いから、死なない程度で可愛《かわい》がってくれてよいと………』

その時点で夢魔はようやく理解した。

あの場で自分を見逃した甘ちゃんだと思った男が、一番自分に対して怒っていた事に。

消滅《死》など生ぬるい程、強烈に長々と苦痛を与える存在を〝呼んだ〟事に……。

『さ〜て……貴方は人ではありませんから、おそらく3回で終わる事は無いでしょう。果たして終点に辿《たど》り着くまで一体何駅掛かるのか……当方は非常に楽しみでございます』

『た……助けて……助けてくれえええ!!』

迫りくるどうしようもない悪夢に、夢魔はようやく自分の所業を後悔したのだった。

本当に……本当に今更だったが……。

『夢なら……醒《さ》めてくれえええええええ!!　ギャアアアアア!!』

タタンタタン……タタンタタン……

夢魔として生きている限り、絶対に夢の世界から醒め《にげる》る事の出来ない永久に続く電車旅行が始まった。

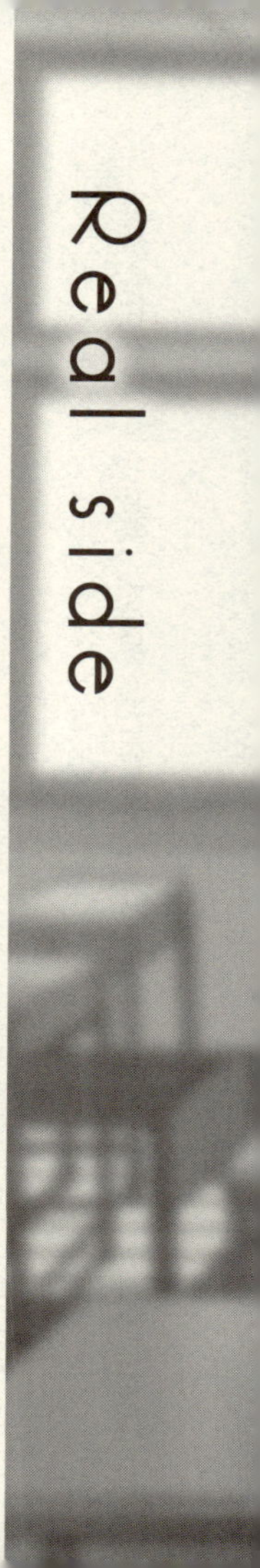

Real side

俺が目を覚ましたその時、誰もいないはずなのに、やたらと駅員のアナウンスのような声色の業務口調の声がどこからともなく聞こえて来た。

『今回のダイヤについて、我が鉄道〝猿夢〟にご連絡いただき誠にありがとうございました。またの機会に今回の借りは返させていただきたく存じますので、いずれまたお会いしましょう』

「いらないよ……都市伝説の恩返しとかおっかなすぎるって……」

俺は思わず本音を虚空に向かって言い放つと、何も聞こえないのに何故《なぜ》か満足げに〝人ではない何か〟が去って行ったような気がした。

……本物の都市伝説では目が覚めた瞬間に『今度こそ逃がさない』的な事を言われて〜ってオチだったのにな……。

目を覚まして辺りを確認すると、俺は部屋に一人で本を開いた状態で寝ていた。

開いていたページを確認してみると内容は予想通りの項目。

俺が夢の中で『天音を殺そうとしたヤツに最高の罰を』とだけ考えて開いたページ、夢操作の中級編だ。

『夢枕』主に死者と夢の中で交信出来る方法だが、人ならざるモノとも交信する事が出来る。

イタコの口寄せに近いが、強制的に呼び寄せるワケではなく呼びかける手段。

前任者曰《いわ》く『電話に近い』との事。


電話に近い……なるほど、言いえて妙だな。

よく聞く祟《たた》りとか悪霊を呼び寄せるなんていうのは、ド素人が向こうの都合も考えずに『出て来い、命令に従え！』とやるようなもの、こっくりさんが悪い例の代表だろう。

そんなの人間だってキレるだろうさ。

そう考えると俺がやった事は『夢枕』で、夢魔に名を騙られていた〝猿夢〟に『お宅の看板が勝手に使われてますよ〜』と情報をリークしただけ、強制なんてしていない。

ロゴを使われた某ネズミの国みたいなもんだ……うんうん。

……時計を確認すると時刻はすでに2時を回っている。

俺が天音の夢に『共有夢』で侵入したのが大体8時ごろだと考えると……大雑把《おおざっぱ》に考え

ても6時間は経《た》っている事になる。

しかし大分長い時間夢の中にいた。つまり眠っていたはずなのに……疲労感が物凄《ものすご》い。

まるで徹夜明けのように頭が重い……『夢の本』を長時間使っていた影響だろうか？

それとも夢の中で無双……いや夢葬《むそう》した事に原因があるのか？

「今後はちょっと使う時間を考えた方が良さそうだな……睡眠取って疲労してたら意味がない…………うお⁉」

俺は頭を振りつつ窓に目を向けて……心底驚いた。

何度も言うようだが俺の部屋は2階、普通なら窓の外に誰かいる事はあり得ない。

でも……窓の外には一人の女の子が佇《たたず》んでいて、無言でこっちを見つめていた。

まあ、ようするに屋根伝いに来た天音なんだけどさ……。

俺は跳ね上がった心臓を誤魔化《ごまか》すように窓を開ける。

「お、脅かすなよ、こんな時間に外から見られてたら……亡霊にしか思えないだろ！」

俺は深夜って事も考慮した声量で抗議する……けど、天音はそのまま動く事なくジッと俺を見つめている。

あまりに動かず少し心配になるほど、ジッと俺の事を見つめたまま……何も言わない。

「お、おい……どうかした……か⁉」

しかし俺が声を掛けようとすると、天音は突然窓から飛び込んで来て……俺に抱き着いてきた。それは抱擁と言うにはあまりにきつく、そして天音の体は震えていた。

まるで……大事な何かを奪われるのを恐れている子供みたいに……。

夢の中とは違う天音のリアルな体温と呼吸が感じられる抱擁なのに、彼女が怖がっているってだけで俺は頭が冷静になる。

「…………………」

「もう大丈夫、夢魔の呪いは消えた……もう大丈夫だぞ……」

俺は天音の首筋から痣《あざ》が消えているのを見て、震える体を優しく抱き返してやる。

……このくらいは役得って事でいいだろ？

それから天音と今回の夢で明らかになった色々な事、俺がやらかした『夢葬』についてとか天音が自力で夢魔を追い出せた『何か』とか……そして何といってもすべての事情を知っていそうな『光の女性』の事とか……色々と話をしようと思っていたのだが……。

その思惑は叶《かな》わなかった。

理由は単純、色々緊張を強いられていた天音は安心してそのまま眠ってしまったのだ。

そして俺も……気が付いた時には瞼《まぶた》の重さに耐えきれなくなって、そのまま意識を失ってしまったのだった。

…………この後、大事件が起こる事など気付きもせずに。

エピローグ　夢の終わり、最後の約束

異世界での最後の日、時間よりも早く女神との約束の場所『アイシアの泉』に到着した俺たちだったが、しばらく待っている間にアマネはぼんやりとした瞳で溜息《ためいき》を吐《つ》いた。

俺が一週間前に受け取ってもらった結婚指輪を見つめて……。

その表情は5年の歳月ですっかり凛々《りり》しく、美しくなったアマネにしては珍しく……いや、どちらかと言えば召喚された当初の学生の頃に戻ったように弱々しく不安に満ちていた。

「はあ……」

「……どうしたんだよ奥様、浮かない顔をして」

「うひゃい⁉　な、なによ……脅かさないで」

脅かすなも何も、この場にいるのは俺たちだけなのにな。

魔導士として成長を遂げたアマネは人の気配には敏感で、たとえアサシンであっても背後を取れない程であったのに……こんな声を上げる事すら久しぶりだ。

そして……何を考えてぼんやりしていたのかは分かってしまう。

それは俺自身が何度も何度も思い、悩んだ事だったから……。

「こっちの世界に残りたい……そんな事考えてる？」

「…………」

俺の言葉にアマネは俯《うつむ》いたまま否定も肯定もしない……それが嘘《うそ》偽りないアマネの心情なのだろう。

日本に戻りたくないワケじゃ無い、しかし戻る為《ため》には時間も記憶も全て召喚前の状態に戻ってしまう事、俺たちにとっての異世界の全てが消えるのと同義。

苦楽を、死線をも共にした仲間たちとの事も、命を賭して守ってくれた師匠《リーンベル》との想《おも》い出も、５年の歳月、常に隣で見続けて来たアマネとの記憶も……。

そして当然、俺が一生分の勇気を振り絞って渡した指輪も無かった事になり……俺たちは元の学生に、まだ何も始まっていない幼馴染《おさななじみ》の関係へと戻ってしまう。

アマネは視線を落としたまま溜息を吐いた。

「召喚前の私って……ユメジと距離を取って無視する嫌なヤツだったのよね。今みたいに気軽に話せる事も無かった……あの日に戻るって、そういう事なのよね……」

「……アマネ」

「分かってるのよ？　戻らなくちゃいけないのは……でもね……」

そう不安そうに呟《つぶや》くアマネを……俺は背後から優しく抱きしめた。

不安を抱く、抱いてくれる彼女の事が愛《いと》おしくてたまらなくなり……。

「……正直な事言うとさ、俺も同じ事で相当悩んだ。マジでこの関係すら戻るのなら異世界に残る事を特典にしてもらおうかってさ……」

「……ユメジ」

「でも、やっぱりダメだろ？　異世界に来たってどうしようもない状況でアマネを嫁にもらうってのはさ。これで二度と帰れないっていうなら仕方ないけど、挨拶も無しに神崎《かんざき》家の娘さんを頂くのは……な」

俺がそう言ってやるとアマネはクスリと笑った。

「案外古風よね……私の旦那様は」

「学生の俺は相当ヘタレだったから、頼りないかもしれないけど……まあ待っててくれ」

俺はアマネを抱きしめたまま、勇者と魔導士の約束を口にする。

「必ずもう一度、神崎天音《あまね》を口説き落としてみせるからさ！」

あとがき

初めましての方、そしてお久しぶりの方も、この度は『疎遠《そえん》な幼馴染《おさななじみ》と異世界《いせかい》で結婚《けっこん》した夢《ゆめ》を見《み》たが、それから幼馴染《おさななじみ》の様子《ようす》がおかしいんだが？』をご購読いただき誠にありがとうございます、語部《かたりべ》です。

今作は昨今幼馴染が敗北フラグとされている風潮が許せない……という私の偏った思想から生み出された完全なる自己満足の産物ですが、少しでも私の主張に同調していただけるのであれば……言わせていただきます。

待っていたぞ！　我が同志たちよ!!　共に叫ぼうではないか……ポッと出でヒロイン枠を掻っ攫っていく状況への不満を！　一番尽くした幼馴染が虐げられる残酷な風潮への怒りを!!　だいたい恋愛の神は長さよりも速攻を好むとか言うけど、そもそも昔から自分を好きでいてくれるカワイイ幼馴染なんてポジションなんか現実にあるワケねーだろが!!　それこそ創作にしかない設定なのにありがちとか負けフラグとか勝手な事を言いやがって!!　そもそもそんな女子が昔から隣にいたなら気が付かない男の方が悪い……つーか極悪人だろうが!!　そんな恵まれた環境にいたなら…………。

ガン‼　バタリ……（突然背後からバールのような物で殴打されたもよう……凶器には大手出版社のロゴが……）

……し、失礼いたしました。私少々興奮してしまったようで……何はともあれ、そんな私の偏った思想の物語をお楽しみいただけたなら幸いでございます。

今回が初の共同作業となった担当Kさん、色々とありがとうございました。頂くメールはほとんど日付を超えているのですが……生きてますか？　必要最低限の睡眠を取れているのか心配です。

胡麻乃《ごまの》りおさん、素晴らしいイラストをありがとうございます。命を吹き込まれた夢次《ゆめじ》と天音《あまね》は勿論ですが、私はスズ姉のエプロン姿にやられました。

そしてこの本をご購入いただいた全ての皆様に多大なる感謝を。

卒業20年目の同窓会で「全然変わってないね～」と言われて喜んだものの、集団で厄払い……自分が既に前厄の年である事に気付いて戦慄しつつ……。

２０１９年　秋　　語部マサユキ

疎遠《そえん》な幼馴染《おさななじみ》と異世界《いせかい》で結婚《けつこん》した夢《ゆめ》を見《み》たが、それから幼馴染《おさななじみ》の様子《ようす》がおかしいんだが？

著　語部《かたりべ》マサユキ

角川スニーカー文庫　21881

2019年11月1日　初版発行

発行者　三坂泰二

発　行　株式会社KADOKAWA
〒102-8177 東京都千代田区富士見2-13-3
電話　0570-002-301（ナビダイヤル）

印刷所　旭印刷株式会社
製本所　株式会社ビルディング・ブックセンター

Printed in Japan　ISBN 978-4-04-108802-9　C0193

★ご意見、ご感想をお送りください★
〒102-8078 東京都千代田区富士見 1-8-19
株式会社KADOKAWA　角川スニーカー文庫編集部気付
「語部マサユキ」先生
「胡麻乃りお」先生